Sándor Márai
Die Glut

SERIE PIPER

Zu diesem Buch

Vierzig Jahre hat General Henrik auf diesen Moment gewartet: Sein engster Jugendfreund Konrád hat sich in dem ehemals prachtvollen ungarischen Jagdschloß angekündigt, in dem Henrik sein ganzes Leben verbracht hat. Eine Nacht nur dauert das Treffen von Henrik und Konrád, in dem endlich das Geheimnis gelüftet werden kann, das den General seit Jahrzehnten quält: Welche Rolle spielte Krisztina, Henriks schöne junge Frau, für die beiden Männer? Und warum ist Konrád damals, nach jenem denkwürdigen Jagdausflug, so überstürzt abgereist, um nie wieder von sich hören zu lassen? Ähnlich wie Schnitzler oder Joseph Roth gelingt es Sándor Márai, die Melancholie heraufzubeschwören, die mit dem Zerfall des k.u.k.-Reiches einherging. Sein poetischer Roman entwickelt einen inneren Sog, dem sich der Leser nur schwer entziehen kann.

Sándor Márai, 1900 in Kaschau (heute Slowakei) geboren, lebte und studierte in verschiedenen europäischen Ländern, ehe er 1928 als Journalist nach Budapest zurückkehrte. Er verließ Ungarn 1948 aus politischen Gründen und ging 1952 in die USA, wo er bis zu seinem Freitod 1989 lebte. Mit der Neuausgabe des Romans »Die Glut« (1999) wurde Márai als einer der großen Schriftsteller des 20. Jahrhunderts erkannt. Seither erschienen außerdem: »Bekenntnisse eines Bürgers«, »Das Vermächtnis der Eszter«, »Land, Land«, »Tagebücher 1984–1989«, »Himmel und Erde«, »Der Wind kommt vom Westen«, »Die jungen Rebellen« und »Ein Hund mit Charakter«.

Sándor Márai
Die Glut

Roman

Aus dem Ungarischen und mit einem Nachwort
von Christina Viragh

Piper München Zürich

Der Verlag dankt der Stiftung Ungarisches Buch für die Unterstützung der Übersetzung.

Von Sándor Márai liegen in der Serie Piper außerdem vor:
Bekenntnisse eines Bürgers (3081)
Tagebücher 1984–1989 (3183)
Land, Land (3184)
Der Wind kommt vom Westen (3406)
Das Vermächtnis der Eszter (3511)
Ein Hund mit Charakter (Piper Original, 7028)

Taschenbuchsonderausgabe
Juni 2002

Titel der ungarischen Originalausgabe:
»A gyertyák csonkig égnek«, Budapest 1942
Neuausgabe: Helikon Kiadó, Budapest 1990

Umschlag / Bildredaktion: Büro Hamburg
Isabel Bünermann, Julia Martinez, Charlotte Wippermann
Foto Umschlagvorderseite: Edition Minerva / Sylvain Thomas
Satz: Uwe Steffen, München
Druck und Bindung: Clausen & Bosse, Leck
Printed in Germany ISBN 3-492-23587-5

www.piper.de

I

Am Vormittag hielt sich der General lange in seinen Kellereien auf. Er war in der Morgenfrühe mit seinem Winzer hingegangen, um nach zwei Fässern zu sehen, in denen der Wein zu gären begonnen hatte. Als er mit dem Abfüllen fertig war und nach Hause kam, war es schon elf Uhr vorbei. Zwischen den Säulen der Veranda, die von den feuchten Steinplatten moderig roch, stand sein Jäger und überreichte ihm einen Brief.

»Was willst du?« fragte der General unwirsch. Er schob sich den Strohhut, dessen breite Krempe sein rotes Gesicht beschattete, aus der Stirn. Schon seit etlichen Jahren öffnete und las er keine Briefe mehr. Die Post wurde im Büro des Gutsverwalters von einem der Angestellten aufgemacht und sortiert.

»Das hat ein Bote gebracht«, sagte der Jäger und stand stramm.

Der General erkannte die Schrift, nahm den Brief und steckte ihn in die Tasche. Er trat in die kühle Vorhalle und reichte dem Jäger wortlos Stock und Hut. Aus seiner Zigarrentasche holte er eine Brille hervor, stellte sich ans Fenster und begann im Licht, das durch die Ritzen der Rolläden hereinsickerte, den Brief zu lesen.

»Warte«, sagte er über die Schulter hinweg, als der Jäger mit Stock und Hut gehen wollte.

Den Brief stopfte er sich in die Tasche.

»Kálmán soll auf sechs Uhr anspannen. Den Landauer, denn es gibt Regen. Und er soll die Paradelivree anlegen. Du auch«, sagte er mit unerwartetem Nachdruck, als hätte ihn plötzlich etwas erbost. »Und alles auf Hochglanz. Wagen und Geschirr sollen unverzüglich geputzt werden. Die Livree anlegen, hast du verstanden? Und dann setzt du dich neben Kálmán auf den Bock.«

»Jawohl, gnädiger Herr«, sagte der Jäger und schaute seinem Herrn gerade in die Augen. »Auf sechs Uhr.«

»Um halb sieben fahrt ihr los«, sagte der General und bewegte lautlos die Lippen, als zählte er. »Du meldest dich beim Weißen Adler und sagst nur, ich hätte dich geschickt, und der Wagen für den Herrn Hauptmann sei da. Wiederhole.«

Der Jäger wiederholte. Daraufhin hob der General die Hand, als wäre ihm noch etwas eingefallen, und blickte zur Decke. Doch dann sagte er nichts, sondern ging in den ersten Stock hinauf. Der Jäger, in Habachtstellung erstarrt, sah ihm glasigen Blickes nach und wartete, bis die untersetzte, breitschultrige Gestalt hinter der Kehre der steinernen Balustrade verschwunden war.

Der General ging in sein Zimmer, wusch sich die Hände und trat an sein schmales, hohes Stehpult, das mit tintenfleckigem grünen Filz bezogen war und auf dem Federn, Tinte und, millimetergenau aufeinandergestapelt, Hefte lagen, wachstuchbezogene mit Pepitamuster, wie sie die Schüler für ihre Aufgaben verwenden. In der Mitte des Pults stand eine Lampe mit grünem Schirm, die der General anschaltete, da es im Zimmer dunkel war. Hinter den geschlossenen Läden, im vertrockneten, verdorrten, versengten Garten, tobte der Sommer in einem letzten Auflodern, wie ein Brandstifter, der in sinnloser Wut die Felder anzündet, bevor er sich davonmacht. Der General nahm den Brief hervor, glättete das Blatt sorglich und las im starken Licht, die Brille auf der Nase, die geraden kurzen Zeilen mit den spitzen Buchstaben. Die Arme verschränkte er auf dem Rücken.

An der Wand hing ein Kalender mit faustgroßen Datumsziffern. Vierzehnter August. Der General blickte zur Decke und rechnete. Vierzehnter August. Zweiter Juli. Er rechnete aus, wieviel Zeit seit einem langverflossenen Tag und dem heutigen vergangen war. Einundvierzig Jahre, sagte er schließlich halblaut. In letzter Zeit sprach er laut, auch wenn er allein im Zimmer war. Vierzig Jahre, sagte er dann verwirrt. Einem Schüler gleich, der über einer schwierigen Lektion durcheinandergerät, errötete er, legte den Kopf in den Nacken und schloß die tränenden Augen. Sein Hals über dem maisgelben Jackenkragen schwoll rot an. Zweiter Juli achtzehnhundertneunundneunzig, da war die Jagd, murmelte er und verstummte. Wie ein büffelnder Student stützte er die Ellenbogen auf das Pult und starrte wieder sorgenvoll auf den Brief, auf diese paar handgeschriebenen Zeilen. Einundvierzig, wiederholte er heiser. Und dreiundvierzig Tage. Ja, ganz genau.

Er schien jetzt ruhiger und begann auf und ab zu gehen. Das Zimmer hatte eine gewölbte Decke, in der Mitte eine Säule als Stütze. Einst waren da zwei Zimmer gewesen, ein Schlafzimmer und ein Ankleideraum. Vor vielen Jahren – er dachte nur noch in Jahrzehnten, genaue Zahlen mochte er nicht, als erinnerten die ihn an etwas, das man besser vergißt – hatte er die Wand zwischen den beiden Zimmern einreißen lassen. Nur die Säule, die den mittleren Deckenbogen trug, blieb stehen. Das Schloß war zweihundert Jahre zuvor gebaut worden, von einem Heereslieferanten, der den österreichischen Kavalleristen Hafer verkaufte und später geadelt wurde. Der General war hier zur Welt gekommen, in diesem Zimmer. Damals war das hintere, dunklere Zimmer, dessen Fenster auf den Garten und die Betriebsgebäude gingen, das Zimmer seiner Mutter, während dieses hellere, luftigere als Ankleideraum diente. Seit einigen Jahrzehnten nun, nachdem er die Zwischenwand hatte einreißen lassen und diesen Flügel des Gebäudes bezogen hatte, war da anstelle der beiden Zimmer der große, dämmrige Raum. Siebzehn Schritte betrug der Weg von der Tür zum Bett. Und achtzehn Schritte von der gartenseitigen Wand zum Balkon. Genau abgezählte Schritte.

Wie ein Kranker, der sich an eine bestimmte Raumeinteilung gewöhnt hat, so lebte er hier. Als wäre ihm das Zimmer auf den Leib geschnitten. Es vergingen Jahre, ohne daß er den anderen Flügel des Schlosses betrat, wo ein Salon dem anderen folgte, grüne, blaue, rote Salons mit goldenen Lüstern. Und wo die Fenster auf den Park gingen, auf die Kastanien, die sich im Frühling über die Balkongeländer neigten und mit rosaroten Kerzen und in dunkelgrüner Pracht im Halbkreis die geschwungenen Balustraden umstanden, die ausladende Umfassung des Südflügels, die von dicken Engeln gestützt wurde. Er machte seine Gänge zu den Kellereien oder in den Wald, oder – jeden Morgen, auch im Winter, auch wenn es regnete – zum Forellenteich. Und wenn er nach Hause kam, ging er durch die Vorhalle in sein Zimmer hinauf, und hier nahm er auch die Mahlzeiten ein.

»Er ist also zurückgekommen«, sagte er jetzt laut, in der Zimmermitte stehend. »Einundvierzig Jahre. Und dreiundvierzig Tage.«

Diese Wörter schienen ihn auf einmal zu ermüden, als begriffe er erst jetzt, was für eine lange Zeit einundvierzig Jahre und dreiundvierzig Tage sind. Er schwankte und setzte sich in den Ledersessel mit der abgewetzten Lehne. Auf dem Tischchen in Reichweite lag eine silberne Glocke, mit der er klingelte.

»Nini soll heraufkommen«, sagte er zum Diener. Und dann, höflich: »Ich lasse bitten.«

2

Nini war einundneunzig Jahre alt. Sie kam unverzüglich. In diesem Zimmer hatte sie den General gewiegt. In diesem Zimmer hatte sie gestanden, als der General geboren wurde. Sechzehn war sie gewesen und sehr schön. Kleingewachsen, aber so muskulös und ruhig, als wüßte ihr Körper um ein Geheimnis. Als wäre in ihren Knochen, ihrem Blut, ihrem Fleisch etwas verborgen, das Geheimnis der Zeit oder des Lebens, das niemandem gesagt, das in keine Sprache übersetzt werden kann, weil Wörter ein solches Geheimnis nicht fassen. Sie war die Tochter des Postbeamten vom Dorf, mit sechzehn bekam sie ein Kind, und nie erfuhr jemand, von wem es war. Als ihr Vater sie aus dem Haus prügelte, kam sie zum Schloß und stillte das Neugeborene, denn sie hatte viel Milch. Sie besaß nichts außer dem Kleid, das sie am Leibe trug, und eine Haarlocke ihres toten Kindes in einem Briefumschlag. So stellte sie sich im Schloß ein. Sie war zur Geburt gekommen. Seinen ersten Schluck Milch hatte der General aus Ninis Brust gesogen.

So lebte sie im Schloß, fünfundsiebzig Jahre lang, schweigend. Und lächelnd. Ihr Name flog durch die Zimmer, als machten die Schloßbewohner einander auf etwas aufmerksam. »Nini«, sagten sie. Als meinten sie: »Wie seltsam, daß es auf der Welt noch etwas anderes als Selbstsucht, Leidenschaft, Eitelkeit gibt, Nini ...« Und da sie stets am rechten Ort war, sah man sie nie. Und da sie stets guter Laune war, fragte man sie nie, wie sie guter Laune sein konnte, wenn doch der Mann, den sie geliebt hatte, weggegangen und das Kind, das ihre Milch hätte trinken sollen, gestorben war. Sie stillte den General und zog ihn auf, und dann vergingen fünfundsiebzig Jahre. Zuweilen schien die Sonne über dem Schloß und der Familie, und in diesen Augenblicken allgemeinen Strahlens stellte man überrascht fest, daß Nini ja lächelte. Dann starb die Gräfin, die Mutter des Generals, und Nini wusch mit einem essiggetränkten Lappen die kalte, weiße, schweißverklebte Stirn der Toten. Und eines Tages brachten sie den Vater des Generals auf einer Bahre nach Hause, denn er war vom Pferd gefallen. Er lebte noch fünf Jahre lang, und Nini pflegte ihn. Sie las ihm französische Bücher vor, las die Buchstaben einzeln, weil sie die Sprache nicht konnte, und so reihte sie eben ganz langsam Buchstaben an Buchstaben. Aber auch so verstand es der Kranke. Dann heiratete der General, und als das Paar von der Hochzeitsreise heimkehrte, stand Nini am Tor und erwartete sie. Sie küßte der neuen gnädigen Frau die Hand und überreichte ihr Rosen. Wieder lächelnd. Dieser Moment kam dem General manchmal in den Sinn. Dann starb die Frau, nach zwölf Jahren, und Nini pflegte das Grab und die Kleider der Toten.

Im Haus hatte sie weder Rang noch Titel. Man spürte nur, daß sie Kraft hatte. Außer dem General wußte niemand, daß Nini über neunzig war. Man sprach nicht darüber. Ninis Kraft durchströmte das Haus, die Menschen, die Wände, die Gegenstände, so wie die verborgene Elektrizität auf der kleinen Bühne des wandernden Puppenspielers die Figuren bewegt, den János Vitéz und den Tod. Manchmal hatte man das Gefühl, das Haus und die Dinge könnten, ähnlich wie uralte Stoffe, unter einer Berührung plötzlich zerfallen, sich auflösen, wenn Nini sie nicht mit ihrer Kraft zusammenhielt. Als seine Frau gestorben war, ging der General auf Reisen. Er kehrte nach einem Jahr zurück und bezog sogleich im alten Flügel des Schlosses das Zimmer seiner Mutter. Den neuen Flügel, in dem er mit seiner Frau gelebt hatte, die farbigen Salons mit den schon rissigen französischen Seidentapeten, das große Herrschaftszimmer mit dem Kamin und den Büchern, das Treppenhaus mit den Hirschgeweihen, ausgestopften Auerhähnen und präparierten Gamsköpfen, den großen Speisesaal, durch dessen Fenster man das Tal und das Städtchen und in der Ferne die silbrig-bläulichen Berge sah, die Zimmer seiner Frau und nebenan sein eigenes Schlafzimmer ließ er alle verschließen. Seit zweiunddreißig Jahren, seit dem Tod seiner Frau, seit seiner Rückkehr aus dem Ausland, betraten nur Nini und das Gesinde diese Zimmer, um sie – alle zwei Monate – zu putzen.

»Setz dich, Nini«, sagte der General.

Die Amme setzte sich. Im letzten Jahr war sie alt geworden. Nach neunzig altert man anders als nach fünfzig oder sechzig. Man altert ohne Verbitterung. Ninis Gesicht war rosarot und runzelig – edle Stoffe altern so, jahrhundertealte Seide, in die eine Familie ihre ganze Handfertigkeit und alle ihre Träume hineingewoben hat. Im Jahr zuvor war eins ihrer Augen vom Star befallen worden, und das war jetzt grau und traurig. Das andere Auge war blau geblieben, so blau und zeitlos wie ein Bergsee im August. Ein lächelndes Auge. Nini war wie immer dunkelblau gekleidet, in einen dunkelblauen Filzrock und eine schlichte Bluse. Als hätte sie sich während fünfundsiebzig Jahren nie Kleider machen lassen.

»Konrád hat geschrieben«, sagte der General und hielt nebenbei den Brief hoch. »Erinnerst du dich?«

»Ja«, sagte Nini. Sie erinnerte sich an alles.

»Er ist hier, in der Stadt«, sagte der General so leise, wie man eine hochwichtige und streng vertrauliche Nachricht weitergibt. »Er ist im Weißen Adler abgestiegen. Er kommt am Abend hierher, ich lasse ihn abholen. Er wird bei uns essen.«

»Wo bei uns?« fragte Nini ruhig. Sie ließ ihren blauen Blick, den lebendigen und lächelnden, durch das Zimmer schweifen.

Seit zwei Jahrzehnten empfingen sie keine Gäste mehr. Die Besucher, die mitunter zum Mittagessen eintrafen, die Herren vom Komitat und von der Stadtverwaltung sowie die Gäste der großen Treibjagden wurden vom Verwalter im Waldhaus empfangen, das zu jeder Jahreszeit bereitstand; Tag und Nacht war alles für den Empfang von Gästen gerüstet, die Schlafgemächer, die Badezimmer, die Küche, die große Jägerstube, die offene Veranda, die rustikalen Tische. Bei solchen Gelegenheiten saß der Verwalter am Tischende und bewirtete die Jäger und die offiziellen Herrschaften im Namen des Generals. Niemand war darüber beleidigt, man wußte, daß sich der Hausherr nicht blicken ließ. Ins Schloß kam nur der Pfarrer, einmal im Jahr, winters, um am Eingang die Anfangsbuchstaben von Kaspar, Melchior und Balthasar mit Kreide auf den Türsturz zu schreiben. Der Pfarrer, der die Hausbewohner beerdigt hatte. Sonst niemand, nie.

»Drüben«, sagte der General. »Geht das?«

»Wir haben vor einem Monat saubergemacht«, sagte die Amme. »Es müßte gehen.«

»Auf acht Uhr. Geht das? ...« fragte er aufgeregt und irgendwie kindlich gespannt, wobei er sich im Sessel vorbeugte. »Im großen Saal. Jetzt ist es Mittag.«

»Mittag«, sagte die Amme. »Dann will ich Bescheid sagen. Bis sechs sollen sie lüften, dann den Tisch dekken.« Sie bewegte lautlos die Lippen, als berechne sie die Zeit und die Menge der zu erledigenden Dinge. »Ja«, sagte sie dann ruhig und bestimmt.

Vorgebeugt betrachtete der General sie aufmerksam. Ihrer beider Leben wälzten sich gemeinsam vorwärts, im langsam holpernden Rhythmus sehr alter Menschen. Sie wußten alles voneinander, mehr als Mutter und Kind, mehr als ein Ehepaar. Die Gemeinsamkeit, die sie verband, war vertrauter als jede Art körperlicher Nähe. Vielleicht lag es an der Muttermilch. Vielleicht weil Nini der erste Mensch gewesen war, der den General bei seiner Geburt gesehen hatte, im Augenblick des Geborenwerdens, in Blut und Kot, so wie die Menschen zur Welt kommen. Vielleicht wegen der fünfundsiebzig Jahre, die sie gemeinsam verlebt hatten, unter demselben Dach, dieselben Speisen essend, dieselbe Luft atmend. Die Muffigkeit des Hauses, die Bäume vor den Fenstern, alles war ihnen gemeinsam. Und das alles war nicht zu benennen. Sie waren nicht Geschwister, nicht Liebende. Es gibt auch noch anderes, und das wußten sie unbestimmt. Es gibt ein Verwandtsein, das stärker und enger ist als die Verbindung von Zwillingen im Mutterleib. Das Leben hatte ihre Tage und Nächte vermischt, sie wußten um den Körper des anderen, und auch um seine Träume.

Die Amme sagte: »Willst du, daß es so ist wie früher?«

»Ja«, sagte der General. »Genau so. Wie beim letzten Mal.«

»Gut«, sagte sie kurz.

Sie ging zu ihm, beugte sich hinunter und küßte seine beringte Greisenhand mit den Leberflecken und den dicken Adern.

»Versprich mir, daß du dich nicht aufregen wirst«, sagte sie.

»Ich verspreche es«, sagte der General leise und gehorsam.

3

Bis fünf kam aus seinem Zimmer kein Lebenszeichen. Dann klingelte er nach dem Diener und verlangte ein kaltes Bad. Das Mittagessen hatte er zurückgeschickt und nur eine Tasse kalten Tee getrunken. Er lag im halbdunklen Zimmer auf dem Diwan, jenseits der kühlen Wände sirrte und gärte der Sommer. Er lauschte auf das heiße Brodeln des Lichts, auf das Rauschen des warmen Winds im ermatteten Laub, auf die Geräusche des Schlosses.

Jetzt, nach der ersten Überraschung, fühlte er sich mit einemmal müde. Man bereitet sich ein Leben lang auf etwas vor. Ist zunächst betroffen. Sinnt dann auf Rache. Wartet. Er wartete schon lange. Er wußte gar nicht mehr, wann sich die Betroffenheit in ein Bedürfnis nach Rache und in ein Warten verwandelt hatte. Die Zeit bewahrt alles auf, doch es wird farblos, wie die ganz alten, noch auf Metallplatten fixierten Photographien. Das Licht, die Zeit verwischen auf den Platten die scharfen und typischen Schattierungen der Gesichter. Man muß das Bild hin und her drehen, denn es braucht eine bestimmte Lichtbrechung, damit man auf der blinden Platte denjenigen erkennt, dessen Merkmale das Metall einst in sich aufgenommen hatte. So verblaßt mit der Zeit jede menschliche Erinnerung. Eines Tages aber kommt von irgendwoher Licht, und man erkennt wieder ein Gesicht. In einer Schublade hatte der General solche alten Photographien. Das Bild seines Vaters. In der Uniform eines Gardehauptmanns, das Haar in dichten Locken, wie ein Mädchen. Um seine Schultern der weiße Umhang des Gardisten, den er sich mit einer beringten Hand auf der Brust zusammenhält. Den Kopf stolz und beleidigt seitwärts geneigt. Er hatte nie gesagt, wo und warum er beleidigt worden war. Wenn er von Wien nach Hause kam, ging er auf die Jagd. Tag für Tag Jagd, zu jeder Jahreszeit; gab es kein Rotwild oder war Schonzeit, jagte er Füchse und Krähen. Als ob er jemanden umbringen wollte und sich ständig auf diesen Racheakt vorbereitete. Die Mutter des Generals, die Gräfin, verbot den Jägern das Schloß, ja, sie verbot und entfernte alles, was an die Jagd erinnerte, die Gewehre, die Patronentaschen, die alten Pfeile, die ausgestopften Vögel und Hirschköpfe, die Geweihe. Damals ließ der Gardeoffizier das Jagdhaus bauen. Dort war dann alles beisammen: Vor dem Kamin lagen große Bärenfelle, an den Wänden hingen braungerahmte, mit weißem Filz bezogene Tafeln mit den Gewehren. Belgische und österreichische Flinten. Englische Messer, russische

Büchsen. Für jede Art von Wild. Und in der Nähe des Jagdhauses waren die Hunde untergebracht, das vielköpfige Rudel, die Spürhunde und die Vizslas, und auch der Falkner wohnte hier, mit den drei Falken mit der Falkenhaube. Hier, im Jagdhaus, verbrachte der Vater des Generals seine Zeit. Die Schloßbewohner sahen ihn nur beim Essen. Im Schloß waren die Wände in Pastell gehalten, von hellblauen, hellgrünen, blaßroten goldgestreiften Seidentapeten bedeckt, wie sie in den Webereien in der Umgebung von Paris hergestellt wurden. Jedes Jahr wählte die Gräfin in den französischen Fabriken und Geschäften persönlich Tapeten und Möbel aus – jeden Herbst, wenn sie auf Familienbesuch in ihre Heimat fuhr. Nie ließ sie diese Reise aus. Sie hatte ein Recht darauf, es war im Ehevertrag festgelegt worden, als sie den fremden Gardeoffizier heiratete.

»Vielleicht war es wegen der Reisen«, dachte der General.

Er dachte es, weil sich die Eltern nicht verstanden hatten. Der Gardeoffizier ging auf die Jagd, und da er die Welt, in der es auch noch anderes und andere gab – fremde Städte, Paris, Schlösser, fremde Sprachen und Sitten –, nicht ausrotten konnte, so tötete er eben die Bären, die Rehe und Hirsche. Ja, vielleicht war es wegen der Reisen. Er stand auf und stellte sich vor den bauchigen weißen Porzellanofen, der einst das Schlafzimmer seiner Mutter beheizt hatte. Es war ein großer hundertjähriger Ofen, aus dem die Wärme strömte wie die Gutmütigkeit aus einem dicken, trägen Menschen, der seinen Egoismus mit einer wohlfeilen guten Tat mildern möchte. Es war eindeutig, daß die Mutter hier gefroren hatte. Dieses Schloß mitten im Wald, mit seinen gewölbten Zimmern, war ihr zu dunkel: daher die hellen Tapeten an den Wänden. Und sie fror, weil es im Wald immer windig war, auch sommers, ein Wind, der wie die Bergbäche roch, wenn sie im Frühling von der Schneeschmelze anschwellen und über die Ufer treten. Sie fror, und man mußte fortwährend den weißen Ofen heizen. Sie wartete auf ein Wunder. Sie war nach Osteuropa gekommen, weil die Leidenschaft, von der sie angerührt war, sich als stärker erwiesen hatte als ihre Vernunft. Der Gardeoffizier hatte sie während seines diplomatischen Dienstes kennengelernt. Er war in den fünfziger Jahren bei der Pariser Gesandtschaft Kurier gewesen. Sie lernten sich auf einem Ball kennen, und irgendwie war diese Begegnung unvermeidlich. Die Musik spielte, und der Gardeoffizier sagte auf französisch zu der Grafentochter: »Bei uns sind die Gefühle stärker, endgültiger.« Es war der Gesandtschaftsball. Draußen war die Straße weiß, es schneite. In diesem Augenblick hielt der König Einzug im Saal. Alle verneigten sich. Der König trug einen blauen Frack mit weißer Weste und hob sein goldenes Lorgnon mit einer langsamen Geste vor die Augen. Als sich die beiden aus dem tiefen Hofknicks aufrichteten, blickten sie einander in die Augen. Da wußten sie schon, daß sie miteinander leben mußten. Sie lächelten blaß und verlegen. Im Nebenzimmer spielte die Musik. Die junge Französin sagte: »Bei Ihnen, wo ist das? ...« und lächelte kurzsichtig. Der Gardeoffizier nannte seine Heimat. Das erste vertrauliche Wort, daß zwischen ihnen fiel, war der Name der Heimat.

Sie kamen im Herbst zu Hause an, fast ein ganzes Jahr später. Die fremde Frau saß unter Schleiern und Decken ganz tief drinnen in der Kutsche. Sie fuhren über die Berge, durch die Schweiz und Tirol. In Wien wurden sie von Kaiser und Kaiserin empfangen. Der Kaiser war wohlwollend wie in den Schulbüchern. Er sprach: »Nehmen Sie sich in acht! Im Wald, wohin er sie mitnimmt, gibt es Bären. Auch er ist ein Bär.« Und er lächelte. Alle lächelten. Es war ein großer Gunstbeweis, daß der Kaiser mit der französischen Frau des ungarischen Gardeoffiziers scherzte. Sie erwiderte: »Ich werde ihn mit Musik zähmen, Majestät, so wie Orpheus die wilden Tiere gezähmt hat.« Sie fuhren durch obstduftende Wiesen und Wälder. Als sie die Grenze passierten, verschwanden Berge und Städte, und die Frau begann zu weinen. »Chéri«, sagte sie, »mir ist schwindlig. Da ist ja alles endlos.« Die Pußta machte sie schwindeln, diese von der schwebend-schweren Herbstluft benommene Einöde, wo die Ernte schon vorbei war, wo sie stundenlang über schlechte Wege fuhren, wo am Himmel nur Kraniche zogen und am Straßenrand die Maisfelder so geplündert dalagen wie nach einem Krieg, wenn die verletzte Landschaft dem abziehenden Heer nachstirbt. Der Gardeoffizier saß mit verschränkten Armen wortlos im Wagen. Zuweilen verlangte er ein Pferd und ritt über lange Strecken neben dem Wagen her. Er blickte auf die Heimat, als sähe er sie zum ersten Mal. Er betrachtete die niedrigen Häuser mit grünen Fensterläden und weißer Veranda, in denen sie übernachteten, die Häuser der Menschen seines Volks, von dichten Gärten umgeben, die kühlen Zimmer, in denen ihm jedes Möbelstück, ja, sogar der Geruch in den Schränken vertraut war. Und die Landschaft, deren Einsamkeit und Melancholie sein Herz anrührten wie nie zuvor: Mit den Augen der Frau sah er die Ziehbrunnen, die trockenen Felder, die Birkenwälder, die rosa Wolken am Abendhimmel über der Ebene. Die Heimat öffnete sich vor ihnen, und der Gardeoffizier spürte mit Herzklopfen, daß die Landschaft, die sie empfing, auch ihr Schicksal war. Die Frau saß in der Kutsche und schwieg. Manchmal hob sie das Taschentuch ans Gesicht. Bei solchen Gelegenheiten beugte sich ihr Mann vom Sattel herunter und blickte fragend in die tränennassen Augen. Doch die Frau bedeutete ihm, daß sie weiterfahren wollte. Sie waren einander verbunden.

In der ersten Zeit war ihr das Schloß ein Trost. Es war so groß, der Wald und die Berge schlossen es so eindeutig gegen die Ebene ab, daß sie es als Heim in der fremden Heimat empfand. Und es trafen Transportwagen ein, jeden Monat einer, aus Paris, aus Wien. Wagen mit Möbeln, Leinen, Damast, Stichen und einem Spinett, denn die Frau wollte ja mit Musik die wilden Tiere zähmen. Der erste Schnee lag schon auf den Bergen, als sie eingerichtet waren und das Leben hier aufnahmen. Der Schnee riegelte das Schloß ab wie ein düsteres nordisches Heer die belagerte Burg. Nachts traten Rehe und Hirsche aus dem Wald, blieben im Schnee im Mondlicht stehen und beobachteten die beleuchteten Fenster mit schiefgelegtem Kopf und mit ernsten Tieraugen, die wundersam blau schimmerten, während sie der Musik lauschten, die aus dem Schloß sickerte. »Siehst du? …« sagte die Frau am Klavier und lachte. Im Februar jagte der Frost die Wölfe von den Bergen herunter, die Bediensteten und die Jäger machten im Park Reisigfeuer, in deren Bann die Wölfe heulend kreisten. Der Gardeoffizier ging mit dem Messer auf sie los; die Frau schaute vom Fenster aus zu. Es gab etwas, das sie miteinander nicht ausmachen konnten. Aber sie liebten sich.

Der General trat vor das Bild seiner Mutter. Es war das Werk eines Wiener Malers, der auch die Kaiserin porträtiert hatte, mit herabhängendem, geflochtenem Haar. Das Porträt hatte der Gardeoffizier im Arbeitszimmer des Kaisers in der Burg gesehen. Die Gräfin trug auf dem Bild einen rosaroten Strohhut mit Blumen wie die Florentiner Mädchen im Sommer. Das goldgerahmte Bild hing über der Kirschbaumkommode mit den vielen Schubladen. Die Kommode hatte noch seiner Mutter gehört. Der General stützte sich mit beiden Händen darauf, um zu dem Bild des Wiener Malers hinaufzublicken. Die junge Frau hielt den Kopf schräg und schaute ernsten und zärtlichen Blikkes ins Leere, als fragte sie: »Warum?« Das war die Bedeutung des Bildes. Die Gesichtszüge waren edel, Hals, Hände und die Unterarme, die in gehäkelten Handschuhen steckten, waren genauso sinnlich wie die weißen Schultern und der Busen im Dekolleté. Sie war eine Fremde. Wortlos rangen sie miteinander, ihre Waffen waren die Musik, die Jagd, die Reisen und die Abendgesellschaften, wenn das Schloß so erleuchtet war, als reite der Rote Hahn durch die Räume, während die Ställe mit Pferden und Wagen vollgestopft waren und auf jeder vierten Stufe der großen Treppe steife Heiducken wie Wachspuppen aus dem Panoptikum standen und zwölfarmige silberne Kandelaber hielten und die Musik, das Licht, die Stimmen und der Duft der Körper durch die Räume wirbelten, als sei das Leben ein verzweifeltes Fest, eine tragische, erhabene Feier, die damit endet, daß die Hornbläser ihre Instrumente erklingen lassen, um den Teilnehmern der Soiree einen unheilvollen Befehl zu verkünden. Der General konnte sich noch an solche Gesellschaften erinnern. Manchmal mußten die Pferde und die Kutscher im verschneiten Park um Reisigfeuer lagern, weil in den Ställen kein Platz mehr war. Und einmal kam auch der Kaiser, der hierzulande König hieß. Er kam im Wagen, in Begleitung von Reitern mit weißem Federbusch. Er blieb zwei Tage, ging im Wald auf die Jagd, wohnte im anderen Flügel des Schlosses, schlief in einem Eisenbett und tanzte mit der Dame des Hauses. Beim Tanzen redeten sie miteinander, und die Augen der Frau füllten sich mit Tränen. Der König hörte auf zu tanzen, verneigte sich, küßte der Dame die Hand und führte sie in den Nebenraum, wo seine Begleitung im Halbkreis herumstand. Er führte die Frau zum Gardeoffizier und küßte ihr noch einmal die Hand.

»Wovon habt ihr geredet?« fragte der Gardeoffizier seine Frau später, viel später.

Doch die Frau sagte es nicht. Nie erfuhr jemand, was der König zu der Frau gesagt hatte, die aus der Fremde kam und beim Tanzen weinte. Was in der Gegend noch lange zu reden gab.

4

Das Haus schloß alles ein, wie ein großes steinernes Prunkgrab, in dem die Knochen von Generationen modern, von Frauen und Männern früherer Zeiten in Totengewändern aus allmählich zerfallender grauer Seide oder schwarzem Tuch. Es schloß auch die Stille ein wie einen wegen seines Glaubens verfolgten Häftling, der benommen, bärtig und zerlumpt im Kellerverlies schmachtet, auf schimmligem, verrottetem Stroh. Es schloß auch die Erinnerungen ein, die Toten galten. Die Erinnerungen lauerten in den muffigen Winkeln der Räume, so wie in den feuchten Kellern alter Häuser Pilze, Fledermäuse, Ratten und Käfer zu finden sind. An den Türklinken war das Zittern einer Hand, die Erregung eines lang vergangenen Augenblicks zu spüren, und die eigene Hand zögerte, die Klinke hinunterzudrücken. Jedes Haus, in dem die Leidenschaft die Menschen mit voller Wucht gepackt hat, ist mit solchen unfaßbaren Wesen gefüllt.

Der General betrachtete das Bild seiner Mutter. Er kannte jeden einzelnen Zug des schmalen Gesichts.

Die Augen blickten mit schläfriger, trauriger Verachtung in die Zeit hinaus. Mit einem solchen Blick hatten Frauen früherer Zeiten das Blutgerüst bestiegen, voller Verachtung für die, um derentwillen sie starben, und auch für die, die ihnen den Tod gaben. Die Familie seiner Mutter besaß in der Bretagne ein Schloß am Meer. Der General mochte acht Jahre alt gewesen sein, als man ihn eines Sommers dorthin mitnahm. Damals reisten sie schon im Zug, allerdings sehr langsam. Im Gepäcknetz lagen die mit den Initialen seiner Mutter versehenen bestickten Reisekoffer in ihren Leinenhüllen. In Paris regnete es. Das Kind saß in einem Wagen, der mit blauer Seide ausgeschlagen war, sah durch die dunstigen Scheiben hindurch die Stadt, die im Regen wie der Bauch eines dicken Fisches schlüpfrig glänzte. Er sah hoch aufragende Hausdächer, hohe Kamine, die schräg in die schmutzigen Vorhänge des nassen Himmels ragten und die das Geheimnis ganz anderer und unverständlicher Schicksale zu verkünden schienen. Frauen gingen lachend durch die Nässe, lüpften mit einer Hand ihre Röcke, ließen die Zähne blitzen, als wären der Regen, die fremde Stadt, die französische Sprache etwas Lustiges und Wunderbares, das nur das Kind nicht verstehen konnte. Er war acht Jahre alt und saß ernsthaft in der Kutsche neben seiner Mutter, gegenüber der Zofe und der Gouvernante, und er spürte, daß ihm etwas aufgegeben war. Alle beobachteten ihn, den kleinen Wilden, der von fernher kam, aus dem Wald mit den Bären. Die französischen Wörter sprach er mit Bedacht aus, vorsichtig und sorgfältig. Er wußte, daß er jetzt auch im Namen seines Vaters, des Schlosses, der Hunde, des Waldes und der zurückgelassenen Heimat sprach. Ein Tor ging auf, der Wagen fuhr in einen großen Hof ein, vor breiten Treppen verbeugten sich französische Diener. All das schien ein bißchen feindselig. Er wurde durch Räume geführt, in denen alles peinlich genau und bedrohlich an seinem Platz stand. Im großen Saal des ersten Stocks empfing ihn die französische Großmutter. Sie hatte graue Augen und schwarzen Flaum auf der Oberlippe; ihr Haar, das einst rot gewesen war und jetzt in eine Schmutzfarbe spielte, als hätte die Zeit vergessen, es zu waschen, trug sie hochgesteckt. Sie küßte das Kind und bog mit ihren knochigen weißen Händen seinen Kopf etwas nach hinten, um sein Gesicht von oben zu betrachten. »Tout de même«, sagte sie zu seiner Mutter, die besorgt neben ihm stand, als wäre er im Examen, als würde sich jetzt gleich etwas herausstellen. Später wurde Lindenblütentee gebracht. Alles roch so seltsam, dem Kind wurde es schwindlig. Gegen Mitternacht begann es zu weinen und zu erbrechen. »Ich will Nini haben«, sagte der kleine Junge tränenerstickt. Totenbleich lag er im Bett.

Anderntags hatte er hohes Fieber und redete wirr. Feierliche Ärzte trafen ein, in schwarzem Gehrock, mit einer Uhrkette im mittleren Knopfloch der weißen Weste; sie beugten sich über das Kind, und aus ihren Bärten und Kleidern strömte der gleiche Geruch wie aus den Gegenständen des Schlosses und aus dem Haar und dem Mund der Großmutter. Das Kind meinte sterben zu müssen, wenn der Geruch nicht aufhörte. Bis zum Wochenende war das Fieber noch immer nicht zurückgegangen, der Puls setzte immer wieder aus. Da telegraphierten sie Nini. Vier Tage vergingen, bis die Amme in Paris eintraf. Der backenbärtige Majordomus erkannte sie am Bahnhof nicht, Nini stellte sich zu Fuß im Palais ein, in der Hand eine gehäkelte Tasche. Sie kam wie ein Zugvogel. Französisch sprach sie nicht, die Straßen kannte sie nicht, und nie konnte sie die Frage beantworten, wie sie in der fremden Stadt das Palais gefunden hatte, in dem das kranke Kind lag. Sie trat ins Zimmer, hob den sterbenden Jungen aus dem Bett; er war schon ganz still, nur seine Augen glänzten. Sie nahm ihn auf den Schoß, umarmte ihn fest und begann ihn leise zu wiegen. Am dritten Tag erhielt das Kind die Letzte Ölung. Am Abend kam Nini aus dem Krankenzimmer und sagte auf ungarisch zur Gräfin: »Ich glaube, er kommt durch.«

Sie weinte nicht, sie war nur sehr müde, weil sie sechs Tage nicht geschlafen hatte; sie holte aus der gehäkelten Tasche Speisen aus der Heimat hervor und begann zu essen. Sechs Tage lang.hielt sie mit ihrem

Atem das Kind am Leben. Die Gräfin kniete weinend und betend vor der Tür. Alle waren sie da, die französische Großmutter, die Dienerschaft, ein junger Priester mit schrägen Augenbrauen, der zu jeder Tageszeit im Haus ein und aus ging. Die Ärzte kamen immer seltener. Zusammen mit Nini fuhren sie in die Bretagne; die französische Großmutter blieb betroffen und beleidigt in Paris zurück. Es wird doch wohl niemand ausgesprochen haben, warum das Kind krank geworden war? Natürlich nicht, aber man wußte es doch: Der Junge brauchte Liebe, und als sich die Fremden über ihn gebeugt hatten und als von überallher der unerträgliche Geruch geströmt war, da hatte es zu sterben beschlossen. In der Bretagne sang der Wind, und zwischen altem Gestein rauschte die Flut. Rote Felsen ragten aus dem Meer. Nini war ruhig, sie betrachtete das Meer und den Himmel lächelnd, als sei sie mit alledem schon vertraut. An den vier Ecken des Schlosses standen uralte runde Türme aus unbehauenem Gestein, vor langer Zeit hatten die Ahnen der Gräfin hier nach Surcouf, dem Piraten, Ausschau gehalten. Der Junge war bald sonnengebräunt, und er lachte viel. Jetzt hatte er keine Angst mehr, er wußte, daß sie beide, Nini und er, die Stärkeren waren. Sie saßen am Strand, die Rüschen an Ninis dunkelblauem Kleid flatterten im Wind, alles roch nach Salz, nicht nur die Luft, sondern auch die Blumen. Morgens, wenn sich die Flut zurückzog, sah man in den Vertiefungen des roten

Ufergesteins Meerspinnen mit haarigen Beinen, rotbäuchige Krebse, gallertartige Sterne. Im Schloßhof stand ein jahrhundertealter Feigenbaum, einem fernöstlichen Weisen gleich, der nur noch ganz einfache Geschichten erzählt. Unter seinem dichten Laub lag süße, duftende Kühle. In den Mittagsstunden, da das Meer dumpf grollte, saßen hier schweigend die Amme und das Kind.

»Ich will Dichter werden«, sagte der Junge einmal und blickte schräg auf.

Er schaute auf das Meer, seine blonden Locken flatterten im warmen Wind, er blickte mit halbgeschlossenen Augen forschend in die Ferne. Die Amme umarmte ihn und preßte seinen Kopf an ihre Brust. »Nein, du wirst Soldat.«

»Wie Vater?« Das Kind schüttelte den Kopf. »Vater ist auch Dichter, weißt du das nicht? Er denkt immer an anderes.«

»Das stimmt«, sagte die Amme seufzend. »Geh nicht an die Sonne, mein Engel, du bekommst sonst Kopfschmerzen.«

Lange saßen sie so unter dem Feigenbaum. Sie lauschten auf das Meer: ein vertrautes Rauschen. So rauschte zu Hause der Wald. Das Kind und die Amme dachten daran, daß auf der Welt alles zusammengehört.

5

So etwas kommt den Menschen erst später in den Sinn. Jahrzehnte vergehen, man durchquert ein dunkles Zimmer, in dem jemand gestorben ist, und auf einmal vernimmt man lang verklungene Worte und das Rauschen des Meeres. Als ob jene paar Worte den Sinn des Lebens ausgedrückt hätten. Später dann hat man immer von anderem geredet.

Als sie im Herbst von der Bretagne nach Hause fuhren, erwartete der Gardeoffizier seine Familie in Wien. Das Kind wurde zu den Kadetten gegeben. Es bekam einen kleinen Degen, lange Hosen, einen Tschako. Es wurde mit dem Degen gegürtet und zusammen mit den anderen Zöglingen im dunkelblauen Waffenrock sonntags auf dem Graben spazierengeführt. Sie waren wie Kinder, die Soldaten spielen. Sie trugen weiße Handschuhe und salutierten graziös.

Die Kadettenanstalt befand sich in der Nähe von Wien, auf einem Hügel. Es war ein gelbes Gebäude, aus den Fenstern des zweiten Stocks konnte man die alte Stadt mit ihren schnurgeraden Straßen sehen und auch den Sommersitz des Kaisers, die Hausdächer von Schönbrunn und die zwischen gestutzten Bäumen angelegten Spazierwege. In den weißen Gängen mit den gewölbten Decken, in den Unterrichtsräumen, im Speisesaal und in den Schlafsälen hatte alles auf so beruhigende Weise seinen Platz, als wäre das der einzige Ort auf der Welt, wo alles, was im Leben verworren und überflüssig ist, endlich in Ordnung gebracht und versorgt worden wäre. Die Erzieher waren alte Offiziere. Alles roch nach Salpeter. In den Schlafsälen schliefen jeweils dreißig Kinder, dreißig gleichaltrige Kinder, in schmalen Eisenbetten wie der Kaiser. Über der Tür hing ein Kruzifix mit einem geweihten Weidenzweig. Nachts brannte in den Lampen ein blaues Licht. Morgens wurden sie mit Hörnerklang geweckt; im Winter gefror manchmal in den blechernen Waschschüsseln das Wasser. Dann brachten die Adjutanten warmes Wasser in Kannen aus der Küche.

Sie lernten Griechisch und Ballistik und das Verhalten vor dem Feind und Geschichte. Das Kind war blaß und hustete. Im Herbst ging der Geistliche mit ihm jeden Nachmittag in Schönbrunn spazieren. Sie schlenderten durch die Alleen. In einem Springbrunnen aus moosigem, schimmlig verfallendem Gestein floß das Wasser golden, weil die Sonne darauf schien. Sie spazierten zwischen den Reihen der gestutzten Bäume, das Kind nahm Haltung an und salutierte mit weißbehandschuhter Hand steif und vorschriftsgemäß vor den Veteranen, die hier in Paradeuniform umherwanderten, als wäre jeder Tag der Geburtstag des Kaisers. Eine Frau kam über den Weg, unbedeckten Kopfes, den weißen Spitzensonnenschirm auf der Schulter; sie ging rasch an ihnen vorbei, während sich der Geistliche tief verneigte.

»Die Kaiserin«, flüsterte er dem Kind zu.

Die Frau war sehr bleich, ihr dichtes schwarzes Haar trug sie in einem dreifachen Zopf um den Kopf gewunden. Auf drei Schritte Entfernung folgte ihr eine schwarzgekleidete Frau, ein wenig gekrümmt, als wäre sie vom raschen Gehen ermüdet.

»Die Kaiserin«, sagte der Geistliche noch einmal mit tiefer Ehrfurcht.

Das Kind blickte der hohen Frau nach, die in der Allee des großen Gartens fast rannte, als sei sie auf der Flucht.

»Sie gleicht der Mama«, sagte das Kind, denn das Bild, das im Arbeitszimmer seines Vaters über dem Tisch hing, war ihm in den Sinn gekommen.

»So etwas darf man nicht sagen«, erwiderte der Geistliche ernst.

Sie lernten von morgens bis abends, was man sagen darf und was nicht. In der Anstalt, wo vierhundert Kinder erzogen wurden, war eine Stille wie im Innern einer Höllenmaschine kurz vor der Explosion. Alle waren sie hierhergekommen, die Rotblonden, Stumpfnäsigen mit den müden weißen Händen aus den tschechischen Schlössern, die aus den mährischen Gutshöfen, die aus den Tiroler Burgen und den steirischen Jagdschlössern, die aus den Wiener Stadtpalais mit den geschlossenen Fensterläden, die von den ungarischen Landsitzen. Alle hatten lange Namen mit vielen Konsonanten und Vornamen, Titeln und Rangbezeichnungen, die hier in der Anstalt an der Garderobe abgegeben werden mußten, zusammen mit der feinen, in Wien und London genähten bürgerlichen Kleidung und der holländischen Unterwäsche. Von alledem blieben nur ein Name und ein Kind, das zu dem Namen gehörte und jetzt lernte, was man sagen darf und was nicht. Da waren slawische Jungen mit enger Stirn, in ihrem Blut sämtliche menschlichen Eigenschaften des Reichs, da waren blauäugige, sehr müde zehnjährige Aristokraten, die ins Leere blickten, als hätten ihre Ahnen an ihrer Stelle schon alles gesehen, und da war ein Tiroler Herzog, der sich mit zwölf Jahren erschoß, weil er in eine Kusine verliebt war.

Konrád schlief im Nebenbett. Sie waren zehn Jahre alt, als sie sich kennenlernten.

Er war untersetzt und doch mager, wie das bei sehr alten Rassen der Fall ist, bei denen der Knochenbau über das Fleisch gesiegt hat. Er war langsam, aber nicht faul, er hatte seinen eigenen, bewußt eingehaltenen Rhythmus. Sein Vater war Beamter in Galizien, zum Baron geadelt, seine Mutter war Polin. Wenn er lachte, erschien um seinen Mund ein breiter, kindlicher, slawischer Zug. Er lachte selten. Er schwieg und gab acht.

Vom ersten Augenblick an lebten sie zusammen wie eineiige Zwillinge im Mutterleib. Dafür brauchten sie nicht, wie das sonst unter Gleichaltrigen Sitte ist, »Freundschaft zu schließen«, mit lächerlichen, feierlichen Ritualen, mit wichtigtuerischer Leidenschaftlichkeit, wie Menschen es tun, wenn sich in ihnen zum ersten Mal in unbewußter und entstellter Form das Bedürfnis regt, einen anderen Menschen mit Körper und Seele der Welt wegzunehmen, ihn sich ganz zu eigen zu machen. Denn das ist es, was Liebe und Freundschaft wollen. Ihre Freundschaft war so ernst und so wortlos wie alle großen Gefühle, die für ein Leben gelten. Und wie alle großen Gefühle enthielt auch dieses Scham und Schuldbewußtsein. Man nimmt einen Menschen den anderen nicht ungestraft weg.

Sie wußten vom ersten Augenblick an, daß sie diese Begegnung für das ganze Leben verpflichtete. Der ungarische Junge war in dieser Zeit lang, dünn und zerbrechlich und wurde wöchentlich vom Arzt untersucht. Man war um seine Lungen besorgt. Auf Bitten des Anstaltsleiters, eines mährischen Obersten, kam der Gardeoffizier nach Wien und hatte mit den Ärzten ein langes Gespräch. Von all dem, was sie sagten, verstand er nur ein Wort: »Gefahr«. Der Junge ist nicht wirklich krank, sagten sie, er hat nur eine Neigung zur Krankheit. Gefahr – so allgemein sagten sie es. Der

Gardeoffizier war in einer dunklen Seitenstraße im Schatten des Stefansdoms abgestiegen, im Hotel »König von Ungarn«, wo schon sein Großvater logiert hatte. Im Gang hingen Hirschgeweihe an der Wand. Der Lohndiener begrüßte den Gardeoffizier mit einem »Küß die Hand«. Er bewohnte hier zwei Zimmer, zwei mit gelben, seidenbezogenen Möbeln vollgestopfte dunkle Zimmer mit gewölbter Decke. Das Kind holte er für diese Tage zu sich, sie wohnten zusammen im Hotel, wo über jeder Tür die Namen von lieben Stammgästen zu lesen waren, als wäre das Haus ein weltliches Kloster für die einsamen Herren der Monarchie.

Vormittags nahmen sie den Wagen und fuhren in den Prater hinaus. Es war schon kühl, Anfang November. Abends gingen sie ins Theater, auf der Bühne stürzten sich gestikulierende Helden röchelnd in ihr Schwert. Danach aßen sie im Restaurant, im Séparée, bedient von zahllosen Kellnern. Das Kind saß wortlos und mit altkluger Höflichkeit neben seinem Vater, als ob es etwas ertragen und verzeihen müßte.

»Sie sprechen von Gefahr«, sagte sein Vater nach dem Essen eher zu sich selbst, und er zündete sich eine dicke schwarze Zigarre an. »Wenn du willst, kannst du nach Hause kommen. Aber mir wäre es lieber, wenn du dich vor keiner Gefahr fürchtetest.«

»Ich fürchte mich nicht, Vater«, sagte das Kind. »Aber Konrád soll immer bei uns bleiben. Sie sind arm. Ich möchte, daß er im Sommer zu uns kommt.«

»Ist er dein Freund?« fragte sein Vater.

»Ja.«

»Dann ist er auch mein Freund«, sagte der Vater ernst.

Er trug Frack und Rüschenhemd, die Uniform legte er in letzter Zeit nicht mehr an. Der Junge schwieg erleichtert. Dem Wort des Vaters konnte man vertrauen. Wohin sie in Wien auch gingen, überall, in allen Geschäften kannte man ihn, beim Herrenschneider, beim Handschuhmacher, beim Hemdenschneider, in den Gasthäusern, wo feierliche Oberkellner über die Tische regierten, und auch auf der Straße, wo ihnen Frauen und Männer aus ihren Wagen freudig zuwinkten.

»Gehst du zum Kaiser?« fragte das Kind an einem Tag kurz vor der Abreise des Vaters.

»König«, wies ihn der Vater streng zurecht.

Dann sagte er: »Ich gehe nicht mehr zu ihm.«

Der Junge begriff, daß zwischen den beiden etwas vorgefallen war. Am Tag der Abreise stellte er seinem Vater Konrád vor. Am Vorabend war er mit Herzklopfen eingeschlafen: Das Ganze war wie eine Verlobung. »Man darf den König vor ihm nicht erwähnen«, warnte er seinen Freund. Doch der Vater war wohlwollend, herzlich, ganz der große Herr. Er nahm Konrád mit einem einzigen Händedruck in die Familie auf.

Von dem Tag an hustete der Junge weniger. Er war nicht mehr allein. Er ertrug die Einsamkeit unter den Menschen nicht.

Die Anlage, die er von zu Hause, vom Wald, von Paris und vom Temperament der Mutter her im Blut hatte, gebot ihm, von Schmerzen niemals zu sprechen, sondern sie schweigend zu ertragen. Am besten ist es, gar nicht zu reden, so hatte er es gelernt. Aber ohne Liebe konnte er auch nicht leben, und auch das war ein Erbe. Vielleicht hatte die französische Mutter die Sehnsucht mitgebracht, wenigstens einem Menschen Gefühle zu zeigen. In der Familie des Vaters wurde von so etwas nicht gesprochen. Der Junge brauchte jemanden, den er lieben konnte: Nini oder Konrád. Dann hatte er kein Fieber, hustete nicht, und das blasse, magere Kindergesicht füllte sich mit rosaroter Begeisterung und mit Vertrauen. Sie waren in einem Alter, da die Jungen noch kein ausgeprägtes Geschlecht haben: als hätten sie das noch nicht entschieden. Sein weiches blondes Haar, das er haßte, weil er es als mädchenhaft empfand, wurde ihm vom Barbier alle zwei Wochen weggeschoren. Konrád war männlicher, ruhiger. Jetzt verlor die Kindheit ihre Enge, sie hatten keine Angst mehr davor, denn sie waren nicht mehr allein.

Am Ende des ersten Sommers, als die Jungen in den Wagen stiegen, um nach Wien zurückzufahren, schaute ihnen die französische Mutter vom Schloßtor nach. Dann sagte sie lächelnd zu Nini: »Endlich eine gute Ehe.«

Nini aber lächelte nicht. Die Jungen kamen jeden Sommer gemeinsam hierher, später verbrachten sie auch Weihnachten im Schloß. Sie hatten alles gemeinsam, Kleider, Unterwäsche, man richtete ihnen ein eigenes Zimmer ein, sie lasen gemeinsam dasselbe Buch, sie entdeckten gemeinsam Wien und den Wald, die Bücher und die Jagd, das Reiten und die Soldatentugenden, das Gesellschaftsleben und die Liebe. Nini hatte Angst, und vielleicht war sie auch ein bißchen eifersüchtig. Schon vier Jahre dauerte die Freundschaft, die Jungen begannen sich einzukapseln, hatten Geheimnisse. Die Beziehung wurde immer tiefer und auch immer krampfhafter. Der Junge gab mit Konrád an, er hätte ihn am liebsten allen als seine Schöpfung, sein Meisterwerk gezeigt, während er ihn andererseits eifersüchtig hütete in seiner Angst, man könnte ihm den, den er liebte, wegnehmen.

»Das ist zuviel«, sagte Nini zur Mutter. »Eines Tages wird Konrád ihn verlassen. Dann wird er sehr leiden.«

»Das ist des Menschen Los«, sagte seine Mutter. Sie saß vor dem Spiegel und starrte auf ihre verwelkende Schönheit. »Eines Tages verliert man den, den man liebt. Wer das nicht aushält, um den ist es nicht schade, der ist kein ganzer Mensch.«

In der Anstalt machten sie sich über diese Freundschaft nicht lange lustig; sie gewöhnten sich daran wie an ein Naturphänomen. Man nannte sie nur noch bei einem einzigen Namen, wie ein Ehepaar: »Die Henriks«, aber man lachte nicht über diese Beziehung. Es war etwas darin, eine Zärtlichkeit, ein Ernst, eine Bedingungslosigkeit, etwas Endgültiges, das mit seiner Ausstrahlung die Spötter zum Schweigen brachte. In jeder menschlichen Gemeinschaft hat man ein Gespür für solche Beziehungen und ist eifersüchtig. Nach nichts sehnen sich die Menschen so sehr wie nach uneigennütziger Freundschaft. Meist sehnt man sich vergeblich. Die Jungen in der Anstalt flüchteten sich in den Stolz auf ihre Herkunft oder in die Studien, in frühreife Ausschweifungen, in körperliche Großtaten, in verfrühte, verwirrte und schmerzliche Liebschaften. In diesem menschlichen Durcheinander leuchtete die Freundschaft zwischen Konrád und Henrik wie das Licht, in dem sich der sanfte Ritus eines mittelalterlichen Treueschwurs vollzieht. Zwischen jungen Leuten ist nichts so selten wie die uneigennützige Anziehung, die vom anderen weder Hilfe noch Opfer fordert. Die Jungen wollen immer ein Opfer von denen, die ihre Hoffnungsträger sind. Die beiden Freunde spürten, daß sie in einem namenlosen, wunderbaren Gnadenzustand lebten.

Nichts ist so zart wie eine solche Beziehung. Alles, was das Leben später gibt, feine oder rohe Sehnsüchte, starke Gefühle, die endgültigen Bindungen der Leidenschaft, alles ist gröber, unmenschlicher. Konrád war ernst und taktvoll wie jeder wirkliche Mann, und sei er zehnjährig. Als die Jungen größer und wacher wurden und mit trauriger Großspurigkeit die Geheimnisse der Erwachsenen zu lüften suchten, da nahm Konrád seinem Freund den Schwur ab, daß sie keusch bleiben würden. Dieses Gelübde hielten sie lange Zeit ein. Leicht war es nicht. Alle zwei Wochen gingen sie zur Beichte und erstellten die Sündenliste gemeinsam. Die Begierden machten sich im Blut und in den Nerven bemerkbar, die Jungen waren blaß, hatten beim Wechsel der Jahreszeiten Schwindelgefühle. Aber sie blieben keusch, als sei ihnen die Freundschaft, deren Zaubermantel über ihrem jungen Leben lag, ein Ersatz für alles, was die anderen, die Neugierigen und Unruhigen, schaudervoll quälte und auf die dunkleren unteren Regionen des Lebens zutrieb.

Sie lebten in einer tiefverwurzelten Ordnung, wie sie jahrhundertealte Übung und Erfahrung vorschrieben. Jeden Morgen fochten sie eine Stunde lang in der Turnhalle der Anstalt, mit Helm, Bandagen und nacktem Oberkörper. Dann gingen sie reiten. Henrik war ein guter Reiter, Konrád kämpfte auf dem Pferderücken verzweifelt um Gleichgewicht und Sicherheit, seinem Körper fehlte die ererbte Erinnerung an diese Fertigkeit. Henrik lernte leicht, Konrád mit Mühe, doch was er gelernt hatte, hütete er mit krampfhaftem Eifer, er schien zu wissen, daß er auf der Welt nichts anderes besaß. Auch in der Gesellschaft bewegte sich Henrik mit Leichtigkeit, Nonchalance und Hochmut, wie einer, den nichts mehr überrascht; Konrád war steif und überkorrekt. Eines Sommers reisten sie nach

Galizien, zu Konráds Eltern. Da waren sie schon junge Offiziere. Der Baron – ein glatzköpfiger, unterwürfiger alter Mann, der vom vierzigjährigen Dienst in Galizien und von den unbefriedigten gesellschaftlichen Ambitionen seiner adeligen polnischen Frau verbraucht war – bemühte sich verwirrt und diensteifrig, die jungen Herren zu unterhalten. Die Stadt war erdrückend mit ihren alten Türmen, dem Brunnen in der Mitte des viereckigen Hauptplatzes, den dunklen, gewölbten Zimmern. Und die Menschen, die Ukrainer, die Deutschen, die Juden, die Russen, lebten hier in einer Art behördlich zurückgedrängtem, gedämpftem Trubel, etwas schien in der Stadt, in den dämmrigen, ungelüfteten Wohnungen fortwährend zu gären, ein Aufruhr oder vielleicht bloß eine armselige, geschwätzige Unzufriedenheit, oder nicht einmal das: die schwüle Hektik und der Wartezustand einer Karawanserei. Es war in den Häusern, auf den Plätzen, im Leben der Stadt überall zu spüren. Nur die Kathedrale mit ihrem starken Turm und ihren breiten Bögen überragte gelassen dieses Geschrei, Gekreisch und Geflüster, als wäre in der Stadt ein einziges Mal mit allem Nachdruck etwas Unumstößliches, Unverbrüchliches und Endgültiges ausgesprochen worden. Die Jungen wohnten im Gasthaus, denn die Wohnung des Barons bestand aus drei kleinen Zimmern. Am ersten Abend, nach dem reichhaltigen Essen, den fettigen Fleischgerichten und den schweren blumigen Weinen – die

Konráds Vater, der alte Beamte, und seine verwelkte, mit lila und roter Schminke kakaduhaft aufgedonnerte traurige polnische Frau in der ärmlichen Wohnung mit rührendem Eifer auftragen ließen, als hinge das Glück des selten heimkehrenden Sohnes von der Qualität der Speisen ab –, saßen die jungen Offiziere noch lange in ihrem galizischen Gasthaus, in einer dunklen Ecke des mit staubigen Palmen geschmückten Speisesaals. Sie tranken einen schweren ungarischen Wein aus Hegyalja, rauchten und schwiegen.

»Jetzt hast du sie gesehen«, sagte Konrád.

»Ja«, sagte der Sohn des Gardeoffiziers schuldbewußt.

»Jetzt weißt du es also«, sagte der andere ernst und sanft. »Jetzt kannst du dir vorstellen, was hier seit zweiundzwanzig Jahren um meinetwillen geschieht.«

»Ja«, sagte der Sohn des Gardeoffiziers, und etwas schnürte ihm die Kehle zusammen.

»Jedes Paar Handschuhe«, sagte Konrád, »das ich haben muß, wenn wir alle zusammen ins Burgtheater gehen, kommt von hier. Brauche ich neues Zaumzeug, essen sie drei Tage lang kein Fleisch. Gebe ich in einer Abendgesellschaft ein Trinkgeld, verzichtet mein Vater eine Woche lang auf seine Zigarren. So geht das seit zweiundzwanzig Jahren. Und ich habe immer alles gehabt. Irgendwo weit weg, in Polen, hatten wir ein Gehöft. Ich habe es nie gesehen. Es gehörte meiner Mutter. Von da kam alles: die Uniform, das Schulgeld, das Geld für die Theaterkarten, der Blumenstrauß, den ich deiner Mutter geschickt habe, als sie in Wien vorbeikam, die Examensgebühren, die Ausgaben für das Duell, als ich mich mit dem Kerl aus Bayern schlagen mußte. Seit zweiundzwanzig Jahren, alles. Zuerst haben sie die Möbel verkauft, dann den Garten, dann das Land, dann das Haus. Dann haben sie ihre Gesundheit geopfert, ihre Bequemlichkeit, ihre Ruhe, ihr Alter und die gesellschaftlichen Ambitionen meiner Mutter, nämlich das zusätzliche Zimmer in dieser verlausten Stadt, ein Zimmer mit anständigen Möbeln, wo man hin und wieder Gäste empfangen könnte. Verstehst du?«

»Verzeih mir«, sagte Henrik aufgeregt und bleich.

»Ich bin dir nicht böse«, sagte sein Freund äußerst ernst. »Ich wollte nur, daß du es einmal gesehen hast und weißt. Als der Bayer mit gezogenem Degen auf mich losging und wie ein Verrückter um sich schlug, wobei er sich bestens amüsierte, als wäre es ein toller Scherz, daß wir uns aus Eitelkeit zu Krüppeln hacken, da ist mir das Gesicht meiner Mutter eingefallen, wie sie jeden Morgen selbst zum Markt geht, damit die Köchin sie nicht um zwei Fillér betrügt, denn diese zwei Fillér sind Ende des Jahres fünf Forint, und die kann sie mir dann in einem Umschlag schicken ... Und da hätte ich den Bayern tatsächlich umbringen mögen, der mir aus Eitelkeit Schaden zufügen wollte und nicht wußte, daß alles, was er mir antut, ein tödliches Vergehen an zwei Menschen ist, die in Galizien wortlos ihr Leben für mich geopfert haben. Wenn ich bei euch zu Hause dem Diener ein Trinkgeld gebe, verbrauche ich etwas von ihrem Leben. Es ist sehr schwer, so zu leben«, sagte er und wurde rot.

»Warum?« fragte der andere leise. »Meinst du nicht, daß für sie das alles sehr gut ist?«

»Für sie vielleicht schon.« Der Junge verstummte. Bis dahin hatte er nie von alledem gesprochen. Jetzt sagte er es, stockend und ohne dem anderen in die Augen zu blicken. »Aber für mich ist es sehr schwer, so zu leben. Es ist, als ob ich mir nicht selbst gehörte. Wenn ich krank bin, erschrecke ich, denn es ist, als würde ich fremdes Gut vergeuden, etwas, das nicht ganz mir gehört: meine Gesundheit. Ich bin Soldat, man hat mich dazu erzogen, daß ich töte und mich töten lasse. Darauf habe ich geschworen. Aber warum haben sie das alles auf sich genommen, wenn ich ja umgebracht werden soll? Verstehst du jetzt? ... Sie leben seit zweiundzwanzig Jahren in dieser Stadt, wo alles so muffig riecht wie in einer unreinlichen Wohnung, in der durchziehende Karawanen genächtigt haben ... der Geruch von Essen und billigem Parfüm und ungelüfteten Betten. Hier leben sie, ohne je aufzubegehren. Mein Vater ist seit zweiundzwanzig Jahren nicht mehr in Wien gewesen, wo er zur Welt gekommen und aufgewachsen ist. Seit zweiundzwanzig Jahren nie eine Reise, nie ein zusätzliches Kleidungsstück, nie ein Sommerausflug, weil aus mir ein Meisterwerk geschaffen werden muß, wie sie selbst es aus Schwäche nicht werden konnten. Manchmal, wenn ich etwas tun will, stockt mir die Hand in der Luft. Immer diese Verantwortung. Ich habe ihnen auch schon den Tod gewünscht«, sagte er ganz leise.

»Ja«, sagte Henrik.

Vier Tage blieben sie in der Stadt. Als sie abreisten, hatten sie zum ersten Mal im Leben das Gefühl, zwischen ihnen sei etwas geschehen. Als ob der eine dem anderen etwas schulde. Es war nicht in Worte zu fassen.

6

Doch Konrád hatte eine Zuflucht, wohin ihm sein Freund nicht folgen konnte: die Musik. Sie war wie ein geheimer Unterschlupf, in dem die Welt ihn nicht erreichen konnte. Henrik war unmusikalisch, für ihn taten es auch Zigeunermusik und Wiener Walzer.

Von Musik sprach man in der Anstalt nicht, Musik wurde, von Erziehern und Schülern, eher nur als eine Art Jugendsünde geduldet und verziehen. Ein jeder hat ja seine Schwächen. Der eine züchtet Hunde, koste es, was es wolle, der andere ist aufs Reiten versessen. Immer noch besser als das Kartenspiel, dachte man. Ungefährlicher als die Frauen, dachte man.

Doch Henrik kam allmählich der Verdacht, daß die Musik gar kein so harmloses Vergnügen war. In der Anstalt wurde die wirkliche Musik, die aufbegehrende und aufwallende, selbstverständlich nicht geduldet. Zur Ausbildung gehörte zwar auch Musikunterricht, aber nur in allgemeinen Begriffen. Von der Musik wußten sie gerade so viel, daß es Blechbläser dazu brauchte, daß vorn der Tambourmajor marschierte und von Zeit zu Zeit seinen silbernen Stab in die Höhe hob. Hinter den Musikanten zog ein Pony die Pauke. Das war eine rechte Musik, laut und regelmäßig, die den Schritt der Truppe regulierte, die bürgerliche Einwohnerschaft auf die Straße lockte und die unabdingbare Zier einer jeden Parade war. Man schritt strammer, wenn man Musik hörte, und das war alles. Manchmal war sie lustig, manchmal schwülstig und pompös. Im weiteren kümmerte sich niemand darum.

Konrád aber wurde ganz blaß, wenn er Musik hörte. Jede Art von Musik, auch die einfachste, berührte ihn so stark wie ein physischer Angriff. Er erbleichte, seine Lippen bebten. Die Musik sagte ihm etwas, das die anderen nicht nachvollziehen konnten. Wahrscheinlich sprachen die Melodien nicht zu seinem Verstand. Die Disziplin, die er sich abverlangte, mit deren Hilfe er sich in der Welt einen Rang verschafft hatte und die er wie eine Strafe und eine Buße auf sich nahm, lockerte sich in solchen Augenblicken, als gäbe auch die krampfhaft starre Haltung seines Körpers nach. Wie bei den Paraden, wenn nach langem, ermüdendem Strammstehen plötzlich »Ruhen!« befohlen wurde. Seine Lippen aber zitterten, als wollte er etwas sagen. Bei solchen Gelegenheiten vergaß er, wo er war, seine Augen lächelten, er blickte ins Leere, nahm um sich herum nichts wahr, weder die Vorgesetzten noch die Kameraden, noch die schönen Damen, noch das Theaterpublikum. Er hörte mit dem ganzen Körper Musik, so begierig wie der Verurteilte in seiner Zelle, der auf den Klang ferner, vielleicht Befreiung bedeutender Schritte horcht. Wenn man zu ihm sprach, reagierte er nicht. Die Musik löste die Welt um ihn herum und die Gesetze der künstlichen Einigkeit auf, und in diesen Augenblicken war Konrád nicht mehr Soldat.

Eines Abends im Sommer, als er mit Henriks Mutter vierhändig spielte, geschah etwas. Es war vor dem Abendessen, sie saßen im großen Saal, der Gardeoffizier und sein Sohn hörten in einer Ecke des Saals sitzend höflich zu, auf die Art bereitwillig und geduldig, wie wenn man sagt: »Das Leben besteht aus Pflichten, auch die Musik muß ertragen werden. Damen darf man nicht widersprechen.« Die Mutter spielte leidenschaftlich: Sie spielten Chopins *Polonaise-fantaisie*. Alles im Zimmer schien in Bewegung zu geraten. In ihrer Ecke, bei ihrem geduldigen, höflichen Ausharren, spürten Vater und Sohn, daß sich in den beiden Körpern, in dem der Mutter und in dem von Konrád, jetzt etwas geschah. Als höbe die Musik herausfordernd die Möbel in die Höhe, als ließe eine Kraft die schweren Seidenvorhänge vor den Fenstern flattern, als würde alles, was in den Herzen vergraben war, das Verknöcherte und Verschimmelte, auf einmal lebendig, als wäre im Herzen eines jeden Menschen ein tödlicher Rhythmus verborgen, der in einem bestimmten Augenblick des Lebens stark und schicksalhaft zu klopfen beginnt. Die höflichen Zuhörer begriffen, daß die Musik gefährlich ist. Aber die beiden am Klavier, die Mutter und Konrád, achteten nicht mehr auf die Gefahr. Die *Polonaise-fantaisie* war nur noch ein Vorwand, die Kräfte auf die Welt loszulassen, die alles verrücken und sprengen, was die menschliche Ordnung so sorglich verborgen hält. Sie saßen steif aufgerichtet am Klavier, etwas nach hinten geneigt und so angespannt, als jage die Musik ein unsichtbares, sagenhaftes Gespann feuriger Rosse im Sturm über die Welt, als hielten sie mit versteiften Körpern und harten Händen die Zügel im rasenden Lauf der freigewordenen Kräfte. Und dann hörten sie mit einem einzigen Ton auf. Durch die großen Fenster fiel die Abendsonne herein, im Lichtstrahl kreisten Goldpartikeln, als habe das überirdische Gespann bei seinem Galopp durch den Himmel Staub aufgewirbelt, auf seinem Weg ins Verderben, ins Nichts.

»Chopin«, sagte schwer atmend die französische Frau. »Sein Vater war Franzose.«

»Seine Mutter Polin«, sagte Konrád und blickte mit seitwärts geneigtem Kopf zum Fenster hinaus. »Er war mit meiner Mutter verwandt«, sagte er beiläufig, als schämte er sich dieser Verbindung.

Sie horchten alle auf, denn in seiner Stimme klang eine Traurigkeit mit, wie in der Stimme von Verbannten, wenn sie von der Heimat und ihrem Heimweh sprechen. Der Gardeoffizier blickte äußerst aufmerksam, den Oberkörper etwas vorgeneigt, auf den Freund seines Sohnes, als sähe er ihn zum ersten Mal. Als er am Abend mit seinem Sohn allein im Rauchzimmer war, sagte er zu ihm: »Aus Konrád wird nie ein richtiger Soldat.«

»Warum?« fragte der Sohn erschrocken.

Aber er wußte, daß sein Vater recht hatte. Der Gardeoffizier zuckte mit den Schultern. Er rauchte eine Zigarre, saß mit langgestreckten Beinen vor dem Kamin, blickte dem Rauch nach. Und sagte mit der Ruhe und der Überlegenheit des Kenners: »Weil er eine andere Art Mensch ist.«

Der Vater war nicht mehr am Leben, es waren viele Jahre vergangen, als der General diesen Satz verstand.

7

Man kennt die Wahrheit immer, jene andere Wahrheit, die von den Rollen, den Kostümen, den Situationen des Lebens verdeckt wird. Die beiden Jungen wuchsen zusammen auf, gemeinsam legten sie den Fahneneid ab, und sie wohnten während der Wiener Jahre zusammen, denn der Gardeoffizier hatte dafür gesorgt, daß sein Sohn und Konrád ihre ersten Dienstjahre im Umkreis des Hofes absolvieren konnten. Sie mieteten in der Nähe des Schönbrunner Parks drei Zimmer, im ersten Stock eines schmalen Hauses mit grauer Fassade. Die Fenster gingen auf einen langen, schmalen, zu dicht bewachsenen Garten voller Ringlottenbäume. Sie waren Mieter bei der tauben Witwe eines Regimentsarztes. Konrád mietete ein Klavier, spielte aber selten; er schien die Musik zu fürchten. Hier lebten sie wie Geschwister, aber Henrik spürte manchmal mit Beunruhigung, daß der Freund ein Geheimnis hatte.

Konrád war »eine andere Art Mensch«, und mit Fragen kam man seinem Geheimnis nicht auf die Spur. Er war immer ruhig, immer friedfertig. Er versah seinen Dienst und verkehrte mit den Kameraden und in der Gesellschaft so, als endete der militärische Dienst nie, als wäre das Leben eine einzige, ganz und gar geregelte Dienstzeit, und das nicht nur tagsüber, sondern auch nachts. Sie waren junge Offiziere, und der Sohn des Gardeoffiziers fühlte mit einer gewissen Besorgnis, daß Konrád wie ein Mönch lebte. Als wäre er gar nicht von dieser Welt. Als begänne für ihn nach den Dienststunden ein anderer Dienst, einer, der komplizierter und verantwortungsvoller war, so wie für einen jungen Mönch nicht nur die Gebete und die Riten den Dienst bedeuten, sondern auch das Alleinsein, die Einkehr, ja, auch der Traum. Konrád fürchtete sich vor der Musik, mit der er ein geheimnisvolles Verhältnis hatte, das nicht nur sein Bewußtsein beeinflußte, sondern auch seinen Körper: als sei auf dem Grunde der Musik ein schicksalhafter Befehl verborgen, der ihn aus der Bahn werfen, in ihm etwas zerbrechen würde. Morgens gingen die Freunde zusammen reiten, im Prater oder in der Reitschule, dann versah Konrád seinen Dienst, kehrte in die Hietzinger Wohnung zurück, und manchmal vergingen Wochen, ohne daß er abends etwas unternommen hätte. Das alte Haus wurde noch mit Petroleumlampen und Kerzen beleuchtet; der Sohn des Gardeoffiziers kehrte fast immer erst nach Mitternacht heim, vom Ball oder von einer Gesellschaft, und schon von der Straße, vom Fiaker aus sah er im Fenster seines Freundes das mutlose, vorwurfsvolle Licht der flackernden schwachen Beleuchtung. Das helle Fenster sandte irgendwie ein anklagendes Zeichen. Der Sohn des Gardeoffiziers reichte dem Kutscher ein Geldstück, blieb auf der stillen Straße vor dem alten Tor stehen, zog die Handschuhe aus, holte die Hausschlüssel hervor und hatte ein bißchen das Gefühl, seinen Freund auch an diesem Abend wieder verraten zu haben. Er kam aus der Welt, wo leise Musik durch Eßzimmer und Ballsäle und Salons schwebte: aber anders, als sein Freund es mochte. Es wurde Musik gemacht, damit das Leben angenehmer und festlicher sei, damit die Augen der Frauen blitzten und die Eitelkeit der Männer Funken sprühte. Das war der Zweck, zu dem in der Stadt, an den Orten, wo der Sohn des Gardeoffiziers die Nächte seiner Jugend verbrachte, Musik gemacht wurde. Die Musik hingegen, die Konrád liebte, bot nicht das Vergessen an, sondern berührte in den Menschen die Leidenschaften und das Schuldgefühl, sie wollte, daß das Leben in den Herzen und im Bewußtsein der Menschen wahrer sei. Solche Musik ist beängstigend, dachte der Sohn des Gardeoffiziers und begann leise und trotzig einen Walzer zu pfeifen. In jenem Jahr pfiff ganz Wien die Walzer eines Komponisten, der in Mode war, nämlich die des jüngeren Strauß. Er nahm den Schlüssel und öffnete das uralte Tor, das langsam und schwerfällig aufging, durchquerte die weite Vorhalle des moderig riechenden gewölbten Treppenhauses, beleuchtet von Öllichtern hinter blasigem Glas, blieb einen Augenblick stehen und schaute kurz auf den Garten, der im Mondlicht verschneit dalag, als sei er mit Kreide zwischen die dunklen Umrisse der Dinge gezeichnet. Es war alles friedlich. Wien schlief schon. Lag in tiefem Schlaf, während es schneite. Auch der Kaiser in der Burg schlief, und in den Ländern des Kaisers schliefen fünfzig Millionen Menschen. Der Sohn des Gardisten spürte, daß diese Stille auch ihn anging, daß auch er über den Schlaf und die Sicherheit des Kaisers und der fünfzig Millionen wachte, auch dann, wenn er nichts anderes tat als seine Uniform mit Ehre tragen, abends in die Gesellschaft gehen, sich Walzer anhören, französischen Rotwein trinken und den Damen und Herren genau das sagen, was sie von ihm hören wollten. Er spürte, daß er sehr energischen Befehlen gehorchte, geschriebenen und ungeschriebenen, und daß dieser Gehorsam ein Dienst war, den er in den Salons genauso versah wie in der Kaserne und auf dem Übungsplatz. Für fünfzig Millionen Menschen bestand die Sicherheit aus diesem Gefühl: daß der Kaiser vor Mitternacht zu Bett geht und schon vor fünf Uhr aufsteht und bei Kerzenlicht in einem amerikanischen Schilfrohrstuhl an seinem Schreibtisch sitzt, während die anderen, die den Eid auf seinen Namen abgelegt haben, alle die Gesetze und Gebräuche befolgen. Natürlich mußte man auch in einem tieferen Sinn gehorchen, als es die Gesetze vorschrieben. Man mußte den

Gehorsam im Herzen tragen, darauf kam es an. Man mußte überzeugt sein, daß alles an seinem Ort war. In diesem Jahr waren sie zweiundzwanzig Jahre alt, der Sohn des Gardeoffiziers und sein Freund.

Sie, die jungen Offiziere in Wien. Der Sohn des Gardeoffiziers ging über die morschen Stufen nach oben und pfiff leise seinen Walzer. Alles in diesem Haus roch ein bißchen moderig, die Treppe, die Zimmer, es roch aber auch irgendwie angenehm, als hätte sich in den Zimmern der süße Sirupduft von Eingemachtem verbreitet. In jenem Winter brach in Wien der Karneval wie eine leichte, lustige Epidemie aus. Jeden Abend wurde in weiß-goldenen Räumen im flackernden Falterlicht der Gasleuchter getanzt. Es fiel viel Schnee, und die Kutscher fuhren die Verliebten lautlos durch die Flocken. Wien tanzte im Schneefall, der Sohn des Gardeoffiziers ging jeden Vormittag in die alte Reithalle und schaute den Übungen der spanischen Reiter und der weißen Lipizzaner zu. In den Körpern von Reitern und Pferden war etwas, eine Art Vornehmheit und Adel, eine Art schuldbewußter Wohligkeit, ein Rhythmusgefühl, wie es allen edlen Seelen und vornehmen Körpern eingeschrieben ist. Dann ging er spazieren, denn er war jung. Er stand vor den Geschäften der Innenstadt herum, zusammen mit anderen Flaneuren, und hin und wieder erkannte ihn ein alter Fiakerkutscher oder ein Kellner, weil er seinem Vater glich. Eine große Familie war das, Wien und die Monarchie, die Ungarn, Deutschen, Mährer, Tschechen, Serben, Kroaten und Italiener, und in der großen Familie wußte jeder insgeheim, daß nur der Kaiser unter all den abenteuerlichen Gelüsten, Neigungen und Emotionen Ordnung zu halten vermochte, der Kaiser, zugleich Wachtmeister und Hoheit, Kanzlist mit Ärmelschonern und Grandseigneur, ein ungehobelter Klotz und doch der Herrscher. Wien war in Stimmung. In den muffigen Altstadtschenken mit den hohen Gewölben gab es das beste Bier der Welt, und beim Klang der Mittagsglocken füllte der Duft des Rindsgulaschs die Straßen und verbreitete in den Seelen eine Freundlichkeit und Liebenswürdigkeit, als müßte das friedliche Leben ewig währen. Die Frauen trugen schwarze Pelzmuffs und Hüte mit Federn, und ihre Nasen und Augen blitzten hinter dem Schleier, den sie sich im Schneefall vors Gesicht gezogen hatten. Nachmittags um vier wurde in den Kaffeehäusern das Gaslicht angezündet und der Kaffee mit Schlagobers serviert, an den Stammtischen saßen Generale und Beamten, die Frauen kauerten errötend in Mietskutschen und flogen holzgeheizten Junggesellenwohnungen entgegen, denn es war Fasching, und der Aufruhr der Liebe verbreitete sich in der Stadt, als würden die Herzen von den Agenten einer riesigen, sämtliche Gesellschaftsschichten mitreißenden Verschwörung angestachelt und erregt. In der Stunde vor Theaterbeginn trafen sich im Keller von Fürst Esterházys Stadtpalais heimlich die Liebhaber des feurigen Weins, bei Sacher wurden im Séparée schon die Tische für die Erzherzöge gedeckt, und in den rauchigen, schwülen Räumen des Klosterkellers beim Stefansdom tranken polnische Herren aufgeregt und traurig harte Schnäpse, denn um Polen stand es schlecht. Doch es gab Stunden in diesem Winter in Wien, da es aussah, als seien alle glücklich. Daran dachte der Sohn des Gardeoffiziers, als er vergnügt und leise pfiff. Im Flur berührte ihn die Wärme des Kachelofens wie ein vertrauter Händedruck. Alles war so weiträumig angelegt in dieser Stadt, und alles war so genau an seinem Platz: Wenn die Erzherzöge ihrerseits ein bißchen ungehobelt waren, so waren andererseits die Hauswarte Repräsentanten und heimliche Nutznießer einer Rangordnung, jener, die alle Menschen umfaßt. Neben dem Ofen sprang der Bursche auf, nahm von seinem Herrn Mantel, Tschako und Handschuhe entgegen, während er mit der anderen Hand schon nach dem französischen Rotwein griff, der in der Wärmenische des weißen Kachelofens stand und von dem der Sohn des Gardeoffiziers jeden Abend vor dem Zubettgehen ein Glas mit bedächtigen Schlucken trank, als wollte er sich mit den gewichtigen Worten des schweren Burgunders von den leichten Erinnerungen des Tages und des Abends verabschieden. Auch jetzt trug der Bursche die Flasche auf einem Silbertablett hinter ihm her, in Konráds dämmriges Zimmer.

Manchmal saßen sie bis zum Morgen dort und plauderten, während der Ofen kalt wurde und der Sohn des Gardeoffiziers die Burgunderflasche bis zum letzten Tropfen leerte. Konrád sprach von seinen Lektüren, Henrik vom Leben. Konrád hatte kein Geld für das Leben, für ihn war das Militär ein Beruf, der mit einem Rang, einer Uniform und den verschiedensten komplizierten und raffinierten Konsequenzen einherging. Der Sohn des Gardeoffiziers spürte, daß sie ihren Freundschaftsbund, zerbrechlich und vielfältig wie jede schicksalhafte zwischenmenschliche Beziehung, vor dem Einfluß des Geldes retten, vor jedem Anflug von Neid oder Taktlosigkeit bewahren mußten. Das war nicht leicht. Der Sohn des Gardeoffiziers flehte Konrád an, etwas von seinem Vermögen anzunehmen, da er wirklich nicht wisse, was er damit anfangen solle. Konrád erklärte ihm, er könne keinen einzigen Fillér annehmen. Und beide wußten, daß es stimmte: Der Sohn des Gardeoffiziers durfte Konrád kein Geld geben, und man mußte es akzeptieren, daß jener in die Gesellschaft ging und seinem Rang und Namen gemäß lebte, während Konrád zu Hause in Hietzing an fünf Abenden in der Woche ein Rührei aß und die aus der Wäscherei zurückkommende Unterwäsche eigenhändig abzählte. Aber nicht das war wichtig. Beängstigender war, daß diese Freundschaft trotz der Geldfrage für ein Leben bewahrt werden mußte.

Konrád alterte rasch. Mit fünfundzwanzig brauchte

er zum Lesen schon eine Brille. Wenn sein Freund nachts aus Wien und aus der Welt nach Hause kam, nach Rauch und Parfüm riechend, ein bißchen zerzaust und jünglingshaft mondän, redeten sie lange und leise wie Verschwörer, als wäre Konrád ein Zauberer, der zu Hause sitzt und über den Sinn der Dinge nachdenkt, während sich sein Famulus in der Welt umtut und dem Leben seine Geheimnisse ablauscht. Konrád las am liebsten englische Bücher, über die Geschichte des menschlichen Zusammenlebens, die gesellschaftlichen Fortschritte. Der Sohn des Gardeoffiziers mochte nur Bücher über Pferde und Reisen. Und da sie einander gern hatten, verziehen sie einander ihre Erbsünden: den Reichtum, beziehungsweise die Armut.

Das »Anderssein«, von dem der Vater gesprochen hatte, als die Gräfin und Konrád die *Polonaise-fantaisie* gespielt hatten, verlieh diesem eine Macht über die Seele seines Freundes.

Wie war diese Macht zu verstehen? In jeder Machtausübung gibt es einen feinen, kaum spürbaren Anteil an Verachtung: für die, über die man herrscht. Über eine menschliche Seele kann man nur herrschen, wenn man den Unterworfenen erkennt, versteht und sehr taktvoll verachtet. Mit der Zeit nahmen die nächtlichen Gespräche in Hietzing den Klang von Gesprächen zwischen Meister und Schüler an. Wie alle, die durch Neigung und äußere Umstände vor der Zeit zu Einsamkeit gezwungen sind, sprach Konrád in einem leicht spöttischen, leicht verächtlichen und doch auch auf hilflose Art wißbegierigen Ton von der Welt, als könnten die Geschehnisse, die man drüben, am anderen Ufer, vermutet, nur für Kinder und noch ahnungslosere Wesen von Interesse sein. Seine Stimme aber ließ dennoch ein Heimweh spüren: Die Jugend sehnt sich immer und fortwährend nach einer verdächtigen, gleichgültigen und beängstigenden Heimat, deren Name Welt ist. Und wenn Konrád überaus freundschaftlich und scherzhaft, aber auch überheblich und beiläufig den Sohn des Gardeoffiziers wegen seiner Erlebnisse in der Welt hänselte, klang in seiner Stimme das durstig-leere Schlucken des Sehnsüchtigen mit.

So lebten sie im blendenden Lichtflimmern der Jugend, in einer Rolle, die auch ein Beruf war, doch dem Leben gleichzeitig echte Spannung und inneren Halt verlieh. Und es gab auch Frauenhände, die zart, gerührt und gutgelaunt an die Tür der Hietzinger Wohnung klopften. So klopfte eines Tages Veronika an, die Tänzerin – in Erinnerung an diesen Namen reibt sich jetzt der General die Augen, als wäre er aus tiefem Schlaf aufgeschreckt, im Kopf noch Erinnerungsfetzen. Ja, Veronika. Und dann Angela, die junge Witwe eines Stabsarztes, die auf Pferderennen versessen war. Nein, doch eher Veronika, die Tänzerin. Sie lebte in der Dachwohnung eines uralten Hauses in der Dreihufeisengasse, in einem Atelier, das man nie richtig durchheizen konnte. Aber nur da vermochte sie zu leben, in diesem Atelier, wo sich der Raum ihren Übungen und Drehungen gehorsam fügte. Staubige Makartsträuße schmückten den hallenden Saal, und dann auch noch Tierbilder, die der frühere Mieter des Ateliers, ein steirischer Maler, dem Hausbesitzer anstelle der Miete zurückgelassen hatte. Schafe waren sein Lieblingssujet gewesen. Aus allen Winkeln des großen Raums starrten dem Besucher traurige Schafe entgegen, mit fragendem und wäßrigem, leerem Blick. Hier lebte Veronika, die Tänzerin, zwischen verstaubten Vorhängen und abgewetzten Möbeln. Schon im Treppenhaus roch es nach ihren starken Duftessenzen, nach Rosenöl und französischen Parfüms. An einem Sommerabend gingen sie zu dritt zum Abendessen. Daran erinnert er sich jetzt ganz deutlich, als betrachte er ein Bild durch die Lupe. Es war in einem Waldgasthof in der Umgebung von Wien. Sie waren mit dem Wagen hingefahren, durch den schweren Laubgeruch der Wälder. Die Tänzerin trug einen breitkrempigen Florentinerhut, halblange weiße gehäkelte Handschuhe, ein in der Hüfte enganliegendes rosa Seidenkleid und schwarze Seidenschuhe. Auch in puncto schlechter Geschmack war sie vollkommen. Sie trippelte unsicher über den Kiesweg unter den Bäumen, als wäre jeder Schritt auf Erden, der sie auf handfeste Ziele, etwa auf einen Gasthof, zuführte, ihrer Füße unwürdig. So wie eine Stradivari-Geige für Höheres bestimmt ist als für Kneipenlieder, so hütete sie ihre Beine, diese Kunstwerke, deren einzige Bestimmung nur der Tanz sein konnte, die Aufhebung der irdischen Beschwerlichkeiten, der traurigen Beschränkungen des Körpers. Sie aßen im Hof eines mit wildem Wein bewachsenen einfachen Landhauses, bei glasgeschütztem Kerzenlicht. Tranken leichten Rotwein dazu, und die junge Frau lachte viel. Als sie auf der Rückfahrt durch die mondbeschienene Nacht von einem Hügel aus die im weißen Licht schimmernde Stadt erblickten, fiel ihnen Veronika selbstvergessen um den Hals. Es war der Augenblick des Glücks, des unbeschwerten Seins. Stumm begleiteten sie die Tänzerin nach Hause, und im Tor des muffigen Innenstadthauses verabschiedeten sie sich mit Handkuß. Veronika. Und Angela mit den Pferden. Und all die anderen, mit Blumen im Haar, in einem langen Reigen vorbeitanzend, Blumen, Blätter, Bänder und lange Handschuhe hinterlassend. Diese Frauen hatten den Rausch der ersten Liebesabenteuer in ihr Leben gebracht und all das, was die Liebe bedeutet: Sehnsucht, Eifersucht und das Hadern mit der Einsamkeit. Doch hinter den Frauen, den Rollen, dem Gesellschaftsleben schwebte ein Gefühl, das stärker war als alles andere. Ein Gefühl, das nur die Männer kennen: Freundschaft ist sein Name.

8

Der General kleidete sich an, ohne nach dem Diener zu klingeln. Er holte die Paradeuniform aus dem Schrank und betrachtete sie lange. Seit Jahrzehnten hatte er keine Uniform mehr getragen. Er zog eine Schublade auf, holte seine Orden heraus, hob sie aus ihren mit rotweißgrüner Seide ausgeschlagenen Etuis. Wie er die bronzenen, silbernen und goldenen Ehrenzeichen in der Hand hielt und betastete, erschien ihm das Bild eines Brückenkopfes am Dnjepr oder einer Parade in Wien oder eines Empfangs in der Burg von Buda. Er zuckte mit den Schultern. Was hatte das Leben gebracht? Pflichten und Eitelkeit. Gleich einem Kartenspieler, der nach einer großen Partie die bunten Spielmarken zerstreut zusammenkehrt, ließ er die Orden in die Schublade zurückgleiten.

Er legte einen schwarzen Anzug an, band sich die weiße Pikeekrawatte um und fuhr mit einer nassen Bürste durch sein weißes Borstenhaar. In den letzten Jahren trug er immer diese priesterlich strenge Kleidung. Er trat an seinen Schreibtisch, klaubte mit einer unsicheren, ältlich zitternden Hand einen winzigen Schlüssel aus seiner Brieftasche und öffnete damit eine lange, tiefe Schublade. Einem Geheimfach entnahm er verschiedene Gegenstände: einen belgischen Revolver, einen Packen Briefe, zusammengehalten von einem blauen Band, und ein in gelben Samt gebundenes Buch, auf dessen Deckel in Goldbuchstaben *Souvenir* geprägt war. Auch das Buch war mit einem blauen Band versehen und zusätzlich mit einem Siegel verschlossen; der General hielt es lange in der Hand. Dann untersuchte er die Waffe, eingehend und mit Sachkenntnis. Es war ein alter Revolver mit sechs Kugeln. Alle sechs Kugeln an ihrem Platz. Mit einer beiläufigen Bewegung warf er die Waffe in die Schublade zurück und zuckte mit den Schultern. Das in gelben Samt gebundene Buch ließ er in die tiefe Seitentasche seiner Jacke gleiten.

Er trat ans Fenster und öffnete die Läden. Während er geschlafen hatte, war ein Platzregen gefallen. Zwischen den Bäumen ging ein kühler Wind, die feuchten Platanenblätter glänzten fettig. Es dämmerte schon. Er stand reglos am Fenster, die Arme auf der Brust verschränkt. Er betrachtete die Landschaft, das Tal, den Wald, den gelben Weg weit unten, die Silhouette der Stadt. Seine an große Entfernungen gewöhnten Augen erkannten auf dem Weg den gleichmäßig daherrollenden Wagen. Der Gast war schon zum Schloß unterwegs.

Er folgte dem sich rasch bewegenden Zielpunkt mit ausdruckslosem Gesicht, reglos, und er kniff ein Auge zu wie ein Jäger, der angelegt hat.

9

Es war schon sieben Uhr vorbei, als der General aus seinem Zimmer trat. Gestützt auf seinen Spazierstock mit Elfenbeinknauf, ging er mit langsamen, gleichmäßigen Schritten den langen Gang entlang, der diesen Flügel des Schlosses, die Wohnräume, mit den großen Sälen, mit dem Empfangssaal, dem Musikzimmer und den Salons verband. An den Wänden des Gangs hingen goldgerahmte alte Porträts: von Ahnen, von Urgroßvätern und -müttern, von Bekannten, von früheren Angestellten, von Regimentskameraden und berühmten Gästen des Schlosses. Es war eine Tradition in der Familie des Generals, auch einen Hausmaler zu beschäftigen: vorbeikommende Wanderporträtisten, aber auch bekanntere Maler wie etwa S. aus Prag, der zur Zeit des Großvaters des Generals acht Jahre hier verbracht und jeden gemalt hatte, der ihm vor den Pinsel geriet, den Majordomus ebenso wie die erfolgreichen Pferde. Die Urgroßväter und -mütter waren dem Pinsel vagabundierender Gelegenheitskünstler zum Opfer gefallen: Glasigen Blickes schauten sie in ihren Prunkgewändern von der Wand herab. Dann folgten ein paar ruhige, ernste Männergesichter, Zeitgenossen des Gardeoffiziers, mit Ungarnschnurrbart und geringelter Stirnlocke, im schwarzen Feiertagsgewand oder in Paradeuniform. Das war eine gute Generation, dachte der General, während er die Porträts der Verwandten, Freunde und Dienstkameraden seines Vaters betrachtete. Eine gute Generation, ein bißchen eigenbrötlerisch, ungeeignet für den Umgang mit den Menschen, hochmütig, dafür aber im festen Glauben: an die Ehre, die Männertugenden, das Schweigen, das Alleinsein, das gegebene Wort, und auch an die Frauen. Und wenn sie enttäuscht wurden, verstummten sie. Die meisten schwiegen ein Leben lang, der Pflicht und dem Schweigen wie einem Gelübde ergeben. Am Ende des Gangs kamen die französischen Porträts, französische Damen mit gepuderter Haartracht, dicke, perückentragende fremde Herren mit genießerischen Lippen, die entferntere Verwandtschaft seiner Mutter, aus blauem, rosarotem, taubengrauem Hintergrund hervordämmernde menschliche Gesichter. Fremde. Dann das Bild seines Vaters in der Uniform des Gardeoffiziers. Und eines der Porträts seiner Mutter, mit einem federnbesteckten Hut, in der Hand die Peitsche wie eine Zirkusreiterin. Dann eine quadratmetergroße leere Fläche: von feinen grauen Linien eingerahmt, was bedeutete, daß auch da ein Bild gehangen hatte. Der General ging mit reglosem Gesicht an dem leeren Viereck vorüber. Jetzt kamen schon die Landschaftsbilder.

Am Ende des Gangs stand die Amme im schwarzen Kleid, eine frischgestärkte weiße Haube auf dem Kopf.

»Was schaust du an? Die Bilder?« fragte sie.

»Ja.«

»Willst du nicht, daß wir das Bild zurückhängen?« fragte sie und zeigte unbeirrt, mit der Unverblümtheit alter Leute, auf die Wand. Auf die leere Stelle.

»Ist es noch vorhanden?« fragte der General.

Die Amme nickte.

»Nein«, sagte er nach einer kurzen Pause. Dann, leiser: »Ich habe nicht gewußt, daß du es aufbewahrt hast. Ich dachte, du hättest es verbrannt.«

»Es hat überhaupt keinen Sinn«, sagte die Amme mit dünner, hoher Stimme, »Bilder zu verbrennen.«

»Nein«, sagte der General vertrauensvoll, wie man nur zu seiner Amme sprechen kann. »Darauf kommt es nicht an.«

Sie bogen zur großen Treppe ab und blickten in die Vorhalle hinunter, wo ein Diener und das Zimmermädchen Blumen in die Kristallvasen stellten.

In den vergangenen Stunden hatte das Schloß zu leben begonnen wie eine aufgezogene Apparatur. Nicht nur die Möbel, die von ihren Leinenhüllen befreiten Sessel und Sofas lebten auf, sondern auch die Bilder an den Wänden, die großen schmiedeeisernen

Kerzenhalter, die Ziergegenstände in den Vitrinen und auf dem Kaminsims. Im Kamin waren Holzscheite für ein Feuer vorbereitet, denn am Ende des Sommers überzog der kühle Dunst der Stunden nach Mitternacht die Zimmer mit einem feuchten, klebrigen Belag. Auf einmal schienen die Gegenstände einen Sinn zu haben, schienen beweisen zu wollen, daß alles auf der Welt nur dann einen Sinn hat, wenn es die Menschen angeht, wenn es am menschlichen Tun und am menschlichen Schicksal teilnimmt. Der General betrachtete die große Vorhalle, die Blumen auf dem Tisch, den man vor den Kamin gestellt hatte, die Anordnung der Lehnstühle.

»Der Lederstuhl da«, sagte er, »hat rechts gestanden.«

»Weißt du das noch so gut?« fragte die Amme blinzelnd.

»Ja«, sagte er. »Da hat Konrád gesessen, unter der Uhr, beim Feuer. In der Mitte, dem Kamin gegenüber, saß ich im Florentiner Stuhl. Mir gegenüber Krisztina im Lehnstuhl, den einst meine Mutter mitgebracht hatte.«

»Wie genau du das weißt«, sagte die Amme.

»Ja.« Der General lehnte sich ans Treppengeländer, in die Tiefe blickend. »In der blauen Kristallvase standen Dahlien. Vor einundvierzig Jahren.«

»Du erinnerst dich, das kann man wohl sagen.« Die Amme seufzte.

»Ich erinnere mich«, sagte er ruhig. »Ist der Tisch mit dem französischen Porzellan gedeckt?«

»Ja, mit dem geblümten«, sagte Nini.

»Gut.« Er nickte beruhigt. Jetzt betrachteten sie eine Zeitlang wortlos das sich ihnen bietende Bild, das große Empfangszimmer da unten, die mächtigen Möbel, die eine Erinnerung aufbewahrten, die Bedeutung einer Stunde, eines Augenblicks, als hätten diese toten Gegenstände bis zu jenem Augenblick nur nach den Gesetzen von Holz, Metall und Gewebe existiert, um dann, vor einundvierzig Jahren, an einem einzigen Abend mit lebendigem Sinn erfüllt zu werden und eine neue Bedeutung zu erhalten. Und jetzt, da sie wie aufgezogene Apparate wieder zum Leben kamen, erinnerten sich die Gegenstände daran.

»Was servierst du dem Gast?«

»Forelle«, sagte Nini. »Suppe und Forelle. Steaks und Salat. Perlhuhn. Und flambiertes Eis. Der Koch hat das schon zehn Jahre nicht mehr gemacht. Aber vielleicht wird es gut«, sagte sie besorgt.

»Sorge dafür, daß es gut wird. Damals gab es auch Krebse«, sagte er leise und schien in die Tiefe hinunterzusprechen.

»Ja«, sagte die Amme ruhig. »Krisztina mochte Krebse. In jeder Zubereitung. Damals gab es noch Krebse im Bach. Jetzt nicht mehr. Abends kann ich aus der Stadt keine holen lassen.«

»Gib acht auf die Weine«, sagte der General in verschwörerischem Ton. Die Amme trat unwillkürlich näher und senkte den Kopf, um besser zu hören, so vertraulich, wie es nur alte Angestellte und Familienmitglieder tun. »Laß vom sechsundachtziger Pommard heraufholen. Und vom Chablis, zum Fisch. Und eine Flasche vom alten Mumm, eine Magnum. Erinnerst du dich?«

»Ja.« Die Amme dachte nach. »Davon haben wir nur noch die trockene Sorte. Krisztina trank den halbtrockenen.«

»Einen Schluck. Immer nur einen Schluck zum Braten. Sie mochte den Champagner nicht.«

»Was willst du von diesem Menschen?« fragte die Amme.

»Die Wahrheit«, sagte der General.

»Du kennst sie genau.«

»Ich kenne sie nicht«, sagte er laut und unbekümmert darum, daß der Diener und das Zimmermädchen das Ordnen der Blumen unterbrachen und heraufblickten. Dann aber schlugen sie die Augen gleich wieder nieder und arbeiteten mechanisch weiter. »Gerade die Wahrheit kenne ich nicht.«

»Aber die Wirklichkeit kennst du«, sagte die Amme scharf.

»Die Wirklichkeit ist nicht die Wahrheit«, erwiderte der General. »Die Wirklichkeit ist nur ein Teil. Auch Krisztina kannte die Wahrheit nicht. Vielleicht hat Konrád sie gekannt. Und jetzt nehme ich sie ihm weg«, sagte er ruhig.

»Was nimmst du ihm weg?« fragte die Amme.

»Die Wahrheit«, sagte er kurz. Verstummte dann.

Als der Diener und das Zimmermädchen die Halle verlassen hatten und sie oben allein geblieben waren, stützte auch die Amme ihre Unterarme auf das Geländer, als stünden sie auf einem Berg und betrachteten die Aussicht. Sie sprach es ins Zimmer hinunter, wo einmal drei Menschen vor dem Kamin gesessen hatten: »Ich muß dir etwas sagen. Als Krisztina im Sterben lag, hat sie nach dir gerufen.«

»Ja«, sagte der General. »Ich war ja da.«

»Du warst da und warst doch nicht da. Du warst so weit weg, als wärest du verreist. Du warst in deinem Zimmer, und sie lag im Sterben. Gegen Morgen, mit mir allein. Und da hat sie nach dir verlangt. Ich sage es, damit du es heute abend weißt.«

Der General sagte nichts.

»Ich glaube, er ist da«, sagte er und richtete sich auf. »Gib acht auf die Weine und auch sonst auf alles, Nini.«

Man hörte das Knirschen der Kiesel in der Einfahrt, dann das Rumpeln der Räder vor dem Portal. Der General lehnte seinen Stock ans Geländer und begann die Treppe hinunterzusteigen, dem Gast entgegen. Auf einer der obersten Stufen blieb er einen Augenblick stehen: »Die Kerzen«, sagte er. »Weißt du noch? ... Die blauen Tafelkerzen. Sind die noch vorhanden? Zündet sie zum Essen an, mögen sie brennen.«

»Daran habe ich mich nicht mehr erinnert«, sagte die Amme.

»Ich schon«, erwiderte er trotzig.

Ältlich und feierlich in seinem schwarzen Anzug, schritt er in aufrechter Haltung die Treppe hinunter. Die große Glastür der Halle ging auf, und hinter dem Diener erschien ein alter Mann.

»Siehst du, ich bin noch einmal gekommen«, sagte der Gast leise.

»Ich habe nie daran gezweifelt«, erwiderte der General ebenso leise, und er lächelte dazu.

Sie drückten sich die Hände, mit großer Höflichkeit.

10

Sie traten vor den Kamin, und im kalten Schein der Wandleuchter unterzogen sie einander blinzelnd einer aufmerksamen und fachgerechten Prüfung.

Konrád war ein paar Monate älter als der General; er hatte im Frühling sein fünfundsiebzigstes Lebensjahr vollendet. Die beiden Alten betrachteten einander mit dem Sachverständnis, wie es nur alte Menschen für die körperlichen Phänomene aufbringen: mit großer Aufmerksamkeit, auf das Wesentliche konzentriert, die letzten Anzeichen von Lebenskraft, die schwachen Spuren der Lebensfreude im Gesicht, in der Haltung des anderen suchend.

»Nein«, sagte Konrád ernst, »man wird nicht jünger.«

Doch beide spürten mit neidvoller, aber gleichzeitig freudiger Überraschung, daß der andere der strengen Prüfung standhielt: Die vergangenen einundvierzig Jahre, die Zeit der Ferne, da sie einander nicht sahen und doch täglich und in jeder Stunde um einander wußten, hatten sie nicht gebrochen. Wir haben durchgehalten, dachte der General. Und der Gast dachte mit seltsamer Befriedigung, in der sich Enttäuschung und Genugtuung mischten – Enttäuschung, weil der andere frisch und gesund vor ihm stand, und Genugtuung, weil er selbst im Vollbesitz seiner Kräfte hatte zurückkommen können: »Er hat auf mich gewartet, deshalb ist er so stark.«

Beide spürten in diesem Augenblick, daß sie in den vergangenen Jahrzehnten ihre Lebenskraft aus dem Warten bezogen hatten. So wie man sich ein Leben lang auf eine einzige Aufgabe vorbereitet. Konrád hatte gewußt, daß er noch einmal würde zurückkommen müssen, und der General hatte gewußt, daß dieser Moment eintreffen würde. Dafür hatten sie gelebt.

Konrád war auch jetzt bleich, wie in seiner Jugend, und man sah ihm an, daß er noch heute im Zimmer eingeschlossen lebte und die frische Luft mied. Auch er war dunkel gekleidet, in nüchterne, aber sehr feine Stoffe. Offenbar ist er reich, dachte der General. Minutenlang schauten sie einander wortlos an. Dann brachte der Diener Absinth und Schnaps.

»Woher kommst du?« fragte der General.

»Aus London.«

»Lebst du dort?«

»In der Nähe. Ich habe in der Nähe von London ein kleines Haus. Als ich aus den Tropen zurückgekommen bin, habe ich mich dort niedergelassen.«

»Wo in den Tropen warst du? …«

»In Singapur.« Er hob eine weiße Hand und zeigte ungenau auf einen Punkt in der Luft, als wollte er den Ort im Weltraum bezeichnen, an dem er einst gelebt hatte. »Aber erst am Schluß. Zuvor weit im Innern der Halbinsel, bei den Malaien.«

»Es heißt«, sagte der General und hob das Absinthglas mit einer grüßenden Geste ins Licht, »die Tropen verbrauchen den Menschen und machen ihn alt.«

»Sie sind gräßlich«, sagte Konrád. »Sie nehmen einem zehn Jahre vom Leben.«

»Dir aber sieht man das nicht an. Sei willkommen!«

Sie leerten ihre Gläser und setzten sich.

»Nicht?« fragte der Gast, als er sich neben den Kamin setzte, in den Lehnstuhl unter der Uhr. Der General verfolgte seine Bewegungen aufmerksam. Jetzt, da der Freund seinen Platz im Lehnstuhl eingenommen hatte – genau dort, wo er vor einundvierzig Jahren zuletzt gesessen hatte, als gehorchte er unwillkürlich einer Anziehung, dem Zauber des Orts –, blinzelte der General erleichtert. Er fühlte sich wie der Jäger, der endlich das Wild in der Falle erblickt, die es bis dahin achtsam gemieden hatte. Jetzt war alles am richtigen Ort.

»Die Tropen sind gräßlich«, wiederholte Konrád. »Unsereins verträgt sie nicht. Sie verbrauchen einem die Organe, verbrennen einem das Gewebe. Die Tropen bringen etwas in einem um.«

»Bist du deshalb dorthin gegangen«, fragte der General beiläufig und ohne besondere Betonung, »um etwas in dir umzubringen?«

Er fragte es in einem höflichen Konversationston. Und auch er setzte sich, dem Kamin gegenüber, in den alten Lehnstuhl, der in der Familie »Florentiner Stuhl« hieß. Das war vor einundvierzig Jahren abends sein Platz gewesen, wenn er und Krisztina und Konrád da gesessen und geplaudert hatten. Jetzt blickten beide auf den dritten Stuhl, den mit französischer Seide bezogenen, leeren.

»Ja«, sagte Konrád ruhig.

»Und ist es dir gelungen?«

»Ich bin schon alt«, sagte Konrád und schaute ins Feuer.

Er beantwortete die Frage nicht. So saßen sie wortlos, blickten ins Feuer, bis der Diener kam und zum Essen bat.

II

»Es ist so«, sagte Konrád nach der Forelle. »Zuerst denkst du, du könnest dich daran gewöhnen.« Er sprach von den Tropen. »Ich war noch jung, als ich dorthin kam. Du erinnerst dich ja. Zweiunddreißig. Ich bin gleich in die Sümpfe hinaus. Man lebt dort in Häusern mit Blechdach. Geld hatte ich keins. Bezahlt hat alles die Kolonialgesellschaft. Nachts liegt man auf dem Bett, und es ist, als läge man in einem warmen Nebel. Am Morgen ist der Nebel dichter und heiß. Nach kurzer Zeit stumpft man ab. Alle trinken, die Augen der Menschen sind blutunterlaufen. Im ersten Jahr hat man das Gefühl, man müsse sterben. Im dritten Jahr spürt man, daß man nicht mehr der alte ist, daß sich der Rhythmus des Lebens verändert hat. Man lebt schneller, etwas in einem brennt, das Herz schlägt anders, und gleichzeitig ist einem alles gleichgültig. Monatelang, alles. Dann kommt der Augenblick, da man nicht mehr weiß, was mit einem und um einen herum geschieht. Manchmal passiert das erst nach fünf Jahren, manchmal schon in den ersten Monaten. Der

Wutanfall. Viele werden in einem solchen Augenblick zum Mörder, oder sie bringen sich um.«

»Die Engländer auch?«

»Die seltener. Aber auch sie werden von diesem Fieber, dieser Wut angesteckt, die nicht von einem Bazillus kommt. Und doch bin ich überzeugt, daß es eine Krankheit ist. Bloß findet man die Ursache nicht. Vielleicht liegt es am Wasser. Vielleicht an den Pflanzen. Vielleicht an der Liebe. Man kann sich nicht an diese malaiischen Frauen gewöhnen. Es gibt unter ihnen wunderschöne. Sie lächeln, und in ihrer Haut, ihren Bewegungen ist eine Geschmeidigkeit, wenn sie einen bedienen, bei Tisch und im Bett ... Und doch kann man sich nicht an sie gewöhnen. Die Engländer ja, die wehren sich. Die nehmen England im Handgepäck mit. Ihre höfliche Überheblichkeit, ihre Verschlossenheit, ihre gute Erziehung, die Golf- und Tennisplätze, den Whisky, den Smoking, den sie abends im blechgedeckten Haus anziehen, mitten im Sumpf. Natürlich nicht alle. Das sind bloß Legenden. Die meisten verrohen nach vier, fünf Jahren genauso wie die anderen, wie die Belgier, die Franzosen, die Holländer. Die Tropen nagen ihre Collegesitten weg wie die Lepra die Haut vom menschlichen Körper. Oxford und Cambridge faulen ab. Zu Hause auf ihrer Insel, mußt du wissen, ist jeder verdächtig, der längere Zeit in den Tropen verbracht hat. Er wird geachtet und geehrt, aber er ist auch verdächtig. Ich bin sicher, daß in den

Geheimregistern vermerkt wird: »Tropen.« So wie man schriebe: »Blutkrankheit.« Oder: »Spionagetätigkeit.« Jeder, der längere Zeit in den Tropen war, ist verdächtig, denn er hat umsonst Golf und Tennis gespielt, umsonst in den Clubs von Singapur Whisky getrunken, er ist umsonst von Zeit zu Zeit im Smoking oder in der Uniform, mit allen Orden auf der Brust, bei den Abendgesellschaften des Gouverneurs erschienen: Er bleibt verdächtig. Weil er die Tropen erlebt hat. Weil er diese beängstigende und unabwehrbare Ansteckungskrankheit in sich trägt, die auch etwas Anziehendes hat, wie jede Lebensgefahr. Die Tropen sind eine Krankheit. Von den Tropenkrankheiten kann man genesen, von den Tropen nie.«

»Ich verstehe«, sagte der General. »Hast du sie auch bekommen?«

»Alle bekommen sie.« Der Gast degustierte den Chablis, mit zurückgeneigtem Kopf und sachverständigen kleinen Schlucken. »Wer nur zum Trinker wird, kommt noch billig weg. Die Leidenschaft lauert dort wie der Tornado in den Wäldern und Bergen jenseits des Sumpfes. Leidenschaften aller Art. Genau deswegen ist für den Insel-Engländer jeder verdächtig, der aus den Tropen zurückkommt. Man weiß nicht, was in seinem Blut, seinem Herzen, seinen Nerven steckt. Jedenfalls ist er kein einfacher Europäer mehr. Nicht mehr ganz. Vergebens hat er sich die europäischen Zeitschriften kommen lassen, vergebens hat er alles gelesen, was in diesem Weltteil in den letzten Jahren oder Jahrhunderten gedacht und geschrieben wurde. Vergebens hat er sich die seltsamen, umständlichen Manieren erhalten, auf die der Weiße in den Tropen unter seinesgleichen so achtet wie der Trinker auf sein Benehmen in Gesellschaft. Er benimmt sich zu steif, damit man ihm die Leidenschaft nicht anmerkt, er ist aalglatt und korrekt und wohlerzogen … In ihm drinnen aber sieht es anders aus.«

»Aber trotzdem«, sagte der General und hob sein Glas mit dem Weißwein ins Licht, »sag doch, was drinnen ist.«

Und als der andere schwieg: »Ich denke, du bist heute abend gekommen, um es zu erzählen.«

Sie sitzen am langen Tisch, im großen Speisesaal, wo seit Krisztinas Tod kein Gast gesessen, seit Jahrzehnten niemand mehr gespeist hat, und der Saal wirkt wie ein Museum, in dem Möbel und Gebrauchsgegenstände einer verflossenen Zeit gezeigt werden. Die Wände sind von einer alten französischen Täfelung bedeckt, die Möbel stammen aus Versailles. Sie sitzen an den beiden Enden des langen Tisches, zwischen ihnen, in der Mitte der mit weißem Damast gedeckten Fläche, Orchideen in Kristallvasen. Den Blumenschmuck fassen vier Porzellanstatuen ein, vier Meisterwerke aus Sèvres: kunstvolle, anmutige Allegorien des Nordens, Südens, Ostens und Westens. Vor dem General steht der Westen, vor Konrád der

Osten: ein grinsender kleiner Sarazene mit Palme und Kamel.

Kerzenhalter aus Porzellan stehen in Reihen auf dem Tisch, mit dicken blauen Kirchenkerzen. Sonst leuchten nur noch verborgene Lichter in den vier Ecken des Raums. Die Kerzen brennen mit hoher, flackernder Flamme, das Zimmer ist halbdunkel. Im Kamin aus grauem Marmor lodert das Holzfeuer schwarzrot. Die Flügeltüren sind nicht ganz geschlossen, die grauen Seidenvorhänge nicht ganz zugezogen. Die Lüfte des Sommerabends kommen zuweilen durch die Fenster herein, durch die dünnen Vorhänge sieht man die mondbeleuchtete Landschaft und die flimmernden Lichter des Städtchens.

An der Mitte des langen Tisches mit den Blumen und den Kerzen steht, vom Kamin abgewandt, noch ein gobelinbezogener Stuhl. Das war der Platz Krisztinas, der Frau des Generals. Vor dem fehlenden Gedeck steht die Allegorie des Südens: Ein Löwe, ein Elefant, ein schwarzgesichtiger Mensch im Burnus hüten auf der handtellergroßen Fläche gemeinsam und friedlich irgend etwas. Der Majordomus, im schwarzen Gehrock, wacht reglos über den Serviertisch im Hintergrund; er dirigiert die Diener, heute abend in Kniehosen und schwarzem Frack französisch gekleidet, nur mit seinen Blicken. Den französischen Brauch hatte noch die Mutter des Generals hier heimisch gemacht, und jedesmal, wenn sie in diesem Saal speisten – dessen Möbel, ja auch die Teller, das goldene Besteck, die Gläser, die Kristallvasen und die Wandtäfelung aus der Heimat der fremden Frau stammten –, hatte sie verlangt, daß die Diener im entsprechenden Gewand auftraten und servierten. Im Saal ist es so still, daß sogar das leise Knistern der brennenden Scheite zu hören ist. Sie reden gedämpft, und doch klingen ihre Stimmen: Streichinstrumenten ähnlich lassen die mit altem Holz getäfelten Wände auch halblaute Worte schwingen.

»Nein«, sagt Konrád, der während des Essens nachgedacht hat. »Ich bin gekommen, weil ich in Wien war.«

Er ißt hastig, mit feinen Bewegungen, aber mit der Gier des Alters. Jetzt legt er die Gabel hin, beugt sich etwas vor und ruft fast in Richtung des weit weg sitzenden Gastgebers: »Ich bin gekommen, weil ich dich noch einmal sehen wollte. Das ist doch nur natürlich.«

»Nichts ist natürlicher«, erwidert der General höflich. »Du warst also in Wien. Das muß für dich, der die Tropen und die Leidenschaft kennengelernt hat, ein großes Erlebnis gewesen sein. Ist es schon lange her, seit du zuletzt in Wien warst?«

Er fragt es höflich, in seiner Stimme nicht der geringste Beiklang von Spott. Der Gast blickt vom anderen Tischende mißtrauisch zu ihm. Ein bißchen verloren sitzen sie da, die beiden Alten in dem großen Saal, weit auseinander.

»Ja, schon lange«, antwortet Konrád. »Vor vierzig

Jahren. Damals …«, sagt er unsicher, unwillkürlich und verlegen stockend. »Damals, als ich auf dem Weg nach Singapur war.«

»Ich verstehe«, sagt der General. »Und was hast du jetzt in Wien vorgefunden?«

»Die Veränderung«, sagt Konrád. »In meinem Alter und in meiner Situation findet man überall nur noch die Veränderung. Nun gut, ich war vierzig Jahre nicht mehr auf dem europäischen Kontinent. Nur in den französischen Häfen habe ich ein paar Stunden verbracht, auf der Fahrt von Singapur nach London. Aber ich habe Wien noch einmal sehen wollen. Und dieses Haus.«

»Bist du deswegen aufgebrochen?« fragt der General. »Weil du Wien und dieses Haus sehen wolltest? Oder hast du auf dem Kontinent geschäftlich zu tun?«

»Ich habe überhaupt nichts mehr zu tun«, antwortet Konrád. »Ich bin fünfundsiebzig Jahre alt, wie du. Bald werde ich sterben. Deswegen bin ich aufgebrochen, deswegen bin ich hier.«

»Es heißt«, sagt der General in höflichem, ermutigendem Ton, »wenn man dieses Alter erreicht habe, lebe man, bis man es leid sei. Empfindest du es nicht auch so?«

»Ich bin es schon leid«, sagt der Gast.

Er sagt es gelassen, ohne besondere Betonung.

»Wien«, sagt er. »Für mich war das die Stimmgabel für die Welt. Dieses Wort – Wien – aussprechen war wie eine Stimmgabel anschlagen und dann horchen, was der andere, mit dem ich gerade sprach, von diesem Ton vernahm. Damit prüfte ich die Menschen. Wer nicht antworten konnte, war nicht meine Art Mensch. Denn Wien war nicht nur eine Stadt, sondern auch ein Ton, den man entweder für immer in seiner Seele trägt oder eben nicht. Das war in meinem Leben das Schönste. Ich war arm, aber ich war nicht allein, denn ich hatte einen Freund. Und auch Wien war wie ein Freund. Ich vernahm seine Stimme immer, wenn es regnete, in den Tropen. Und auch sonst. Manchmal ist mir im Urwald der muffige Geruch des Torwegs im Hietzinger Haus eingefallen. Die Musik und alles, was ich liebte, steckte in Wien in den Steinen, im Blick und Benehmen der Menschen, so wie reine Gefühle in einem Herzen leben. Du weißt, wenn die Gefühle nicht mehr weh tun. Das winterliche Wien und das frühlingshafte. Die Alleen von Schönbrunn. Das blaue Licht im Schlafsaal der Anstalt, das große weiße Treppenhaus mit der Barockstatue. Die morgendlichen Ausritte in den Prater. Die Schimmel der Hofreitschule. An das alles erinnerte ich mich deutlich, und ich wollte es noch einmal sehen«, sagt er leise, fast verschämt.

»Und was hast du nach einundvierzig Jahren gefunden?« fragt der General noch einmal.

»Eine Stadt«, sagt Konrád achselzuckend. »Die Veränderung.«

»Hier wenigstens«, sagt der General, »wirst du kaum enttäuscht werden. Bei uns hat sich nicht viel geändert.«

»Bist du in den letzten Jahren nicht gereist?«

»Wenig.« Der General blickt in die Kerzenflamme. »Nur so viel, wie es der Dienst verlangte. Eine Zeitlang dachte ich daran, den Dienst zu quittieren, so wie du. Und in die Welt hinauszufahren, mich umzusehen, etwas oder jemanden zu finden.«

Sie schauen einander nicht an: Der Gast starrt in sein Glas mit dem gelblichen Getränk, der General in die Kerzenflamme. »Dann bin ich eben doch hiergeblieben. Der Dienst, du weißt ja. Man versteift sich, wird verstockt. Ich habe meinem Vater versprochen, meine Zeit abzudienen. Deshalb bin ich geblieben. Allerdings habe ich mich früh pensionieren lassen, das schon. Als ich fünfzig war, wollte man mir eine Armee anvertrauen. Ich hatte das Gefühl, dafür sei ich zu jung. Da habe ich demissioniert. Man hatte Verständnis. Im übrigen«, er bedeutet dem Diener, den Rotwein einzuschenken, »war es sowieso eine Zeit, in der der Dienst keine Freude mehr machte. Die Revolution. Der Umsturz.«

»Ja«, sagt der Gast, »davon habe ich gehört.«

»Nur gehört? Wir haben es durchlebt«, sagt der General streng.

»Vielleicht nicht nur gehört«, sagt der andere jetzt. »Siebzehn, ja. Da bin ich zum zweiten Mal in die Tropen gefahren. Ich arbeitete in den Sümpfen, mit chinesischen und malaiischen Kulis. Die chinesischen sind die besten. Sie verspielen alles, aber sie sind die besten. Wir wohnten inmitten des Urwalds im Sumpf. Ein Telephon gab es nicht. Auch kein Radio. In der Welt draußen wütete der Krieg. Da war ich schon englischer Staatsbürger, aber man hatte Verständnis dafür, daß ich nicht gegen meine alte Heimat kämpfen konnte. So etwas verstehen sie. Deshalb durfte ich in die Tropen zurückkehren. Dort wußten wir von gar nichts, am wenigsten konnten die Kulis etwas wissen. Eines Tages aber, mitten im Sumpf, ohne Zeitungen und Radio, Wochenreisen entfernt von allen Nachrichten aus der Welt, haben sie die Arbeit niedergelegt. Mittags um zwölf. Ohne den geringsten Anlaß. Nichts um sie herum war anders geworden, weder die Arbeitsbedingungen noch die Ordnung, noch die Versorgung. Es war weder gut noch schlecht. Den Umständen entsprechend. So wie es dort sein mußte. Und eines Tages anno Siebzehn sagen sie mittags um zwölf, sie arbeiten nicht mehr weiter. Sie kamen aus dem Dschungel hervor, viertausend Kulis, bis zu den Hüften schlammig, mit nacktem Oberkörper, und legten das Werkzeug nieder, die Äxte und die Hacken, und sagten: genug. Und verlangten das und jenes. Den Gutsbesitzern solle die Disziplinargewalt weggenommen werden. Sie wollten eine Lohnaufbesserung. Längere Arbeitspausen. Es war völlig unbegreiflich, was in sie gefahren war. Viertausend Kulis verwandelten sich vor meinen Augen in viertausend braune und gelbe Teufel. Am Nachmittag bin ich nach Singapur geritten. Dort habe ich es dann erfahren. Ich war einer der ersten auf der Halbinsel, die es erfuhren.«

»Was hast du auf der Halbinsel erfahren?« fragt der General und beugt sich vor.

»Ich habe erfahren, daß in Rußland die Revolution ausgebrochen war. Ein Mensch, von dem man nur wußte, daß er Lenin hieß, sei in einem plombierten Eisenbahnwagen nach Hause zurückgekehrt, den Bolschewismus im Gepäck. In London erfuhren sie es am selben Tag wie meine Kulis im Urwald ohne Radio und Telephon. Es war unbegreiflich. Dann aber habe ich es verstanden. Was einem wichtig ist, erfährt man auch ohne Apparate.

»Meinst du?« fragt der General.

»Ich weiß es«, antwortet der andere. »Wann ist Krisztina gestorben?« fragt er unvermittelt.

»Woher weißt du, daß Krisztina gestorben ist?« fragt der General tonlos. »Du hast in den Tropen gelebt, warst einundvierzig Jahre nicht mehr auf dem Kontinent. Hast du es gespürt wie deine Kulis die Revolution?«

»Habe ich es gespürt?« sagt der Gast. »Vielleicht. Aber sie sitzt ja nicht da. Wo mag sie sein? Doch wohl nur im Grab.«

»Ja«, sagt der General. »Sie liegt im Garten, in der Nähe der Gewächshäuser. So wie sie es gewünscht hat.«

»Ist sie schon vor langer Zeit gestorben?«

»Acht Jahre nachdem du weggegangen warst.«

»Acht Jahre danach«, sagt der Gast, und seine blutleeren Lippen und sein weißes künstliches Gebiß bewegen sich wie beim Kauen oder Zählen. »Mit dreißig Jahren.« Jetzt rechnet er schon halblaut. »Wäre sie noch am Leben, wäre sie heute dreiundsechzig.«

»Ja. Sie wäre eine alte Frau, so wie wir alte Männer sind.«

»Woran ist sie gestorben?«

»An Blutarmut, wie es hieß. Eine ziemlich seltene Krankheit.«

»Gar nicht so selten«, sagt Konrád fachmännisch. »In den Tropen ist sie häufig. Die Lebensbedingungen verändern sich, und das Blutbild reagiert darauf.«

»Möglich«, sagt der General. »Möglich, daß sie auch in Europa ziemlich häufig vorkommt, wenn sich die Lebensbedingungen verändern. Ich verstehe nichts davon.«

»Ich auch nicht viel. Nur hat man in den Tropen ständig körperliche Probleme. Man wird allmählich zum Quacksalber. Auch die Malaien quacksalbern fortwährend. Sie ist also neunzehnhundertsieben gestorben«, sagt er schließlich so ungerührt, als hätte er die ganze Zeit darüber nachgedacht und endlich das Resultat berechnet. »Warst du da noch im Dienst?«

»Ja. Ich habe während des ganzen Kriegs gedient.«

»Wie war es?«

»Der Krieg?« Der General blickt steif auf den Gast. »So gräßlich wie die Tropen. Vor allem der letzte Winter. Im Norden. Auch hier in Europa ist das Leben abenteuerlich«, sagt er lächelnd.

»Abenteuerlich? ... Ja, mag sein.« Der Gast nickt zustimmend. »Du kannst es mir glauben, daß ich manchmal daran gelitten habe, nicht zu Hause zu sein, während ihr euch schlagt. Ich habe sogar daran gedacht, heimzukommen und mich beim Regiment zu melden.«

»Das«, sagt der General ruhig und höflich, aber auch sehr bestimmt, »haben beim Regiment einige auch gedacht. Doch dann bist du nicht gekommen. Wahrscheinlich hattest du anderes zu tun«, sagt er ermutigend.

»Ich war englischer Staatsbürger«, sagt Konrád verlegen. »Man kann seine Heimat nicht alle Jahrzehnte wechseln.«

»Nein«, sagt der General zustimmend. »Ich glaube, man kann seine Heimat überhaupt nicht wechseln. Höchstens seine Papiere. Meinst du nicht auch?«

»Meine Heimat«, sagt der Gast, »hat aufgehört zu existieren. Meine Heimat war Polen und Wien, dieses Haus und die Kaserne in der Stadt, Galizien und Chopin. Was ist von alledem geblieben? Das geheimnisvolle Bindemittel, welches das Ganze zusammenhielt, wirkt nicht mehr. Alles ist in seine Bestandteile zerfallen. Meine Heimat war ein Gefühl. Dieses Gefühl ist verletzt worden. Da muß man weggehen. In die Tropen oder noch weiter.«

»Wohin noch weiter?« fragt der General kalt.

»In die Zeit.«

»Das ist ein Wein«, sagt der General und hebt sein Glas mit dem tiefroten Getränk, »an dessen Jahrgang du dich vielleicht noch erinnerst. Sechsundachtziger Lese, das Jahr unseres Soldateneids. Zum Gedenken an den Tag hat mein Vater in einem Teil des Kellers diesen Wein gelagert. Das ist viele Jahre her, fast ein ganzes Leben. Es ist ein alter Tropfen.«

»Das, worauf wir geschworen haben, gibt es nicht mehr«, sagt der Gast sehr ernst und hebt seinerseits das Glas. »Alle sind gestorben, sind weggegangen, haben aufgegeben, worauf wir geschworen haben. Es gab eine Welt, für die zu leben und zu sterben es sich lohnte. Diese Welt ist tot. Die neue geht mich nichts an. Das ist alles, was ich sagen kann.«

»Für mich lebt diese Welt noch, auch wenn sie in Wirklichkeit nicht mehr existiert. Sie lebt, weil ich auf sie geschworen habe. Das ist alles, was ich sagen kann.«

»Ja, du bist Soldat geblieben«, erwidert der Gast.

Jeder an seinem Tischende, heben sie schweigend das Glas und leeren es.

12

»Nachdem du weggegangen bist«, sagt der General freundlich, als hätten sie das Wesentliche, das Spannungsgeladene schon besprochen und plauderten jetzt, »haben wir lange geglaubt, du würdest zurückkommen. Alle hier haben auf dich gewartet. Alle waren deine Freunde. Du warst, mit Verlaub, ein bißchen ein Sonderling. Wir haben dir das verziehen, weil wir wußten, daß für dich die Musik wichtiger ist. Wir haben nicht verstanden, warum du weggegangen bist, aber wir haben uns damit abgefunden, weil du wohl einen wichtigen Grund dafür hattest. Wir wußten, daß für dich alles schwerer war als für uns, die wirklichen Soldaten. Was für dich ein Zustand war, war für uns eine Berufung. Was für dich eine Verkleidung war, war für uns ein Schicksal. Wir staunten nicht, als du diese Verkleidung abgeworfen hast. Aber wir dachten, du würdest eines Tages zurückkommen. Oder schreiben. Das haben einige von uns gedacht, so auch ich, muß ich gestehen. Und auch Krisztina. Und mehrere vom Regiment, falls du dich erinnerst.«

»Ich erinnere mich nur noch vage«, sagt der Gast gleichgültig.

»Ja, du hast wohl viel erlebt. In der Welt draußen. Da vergißt man rasch.«

»Nein«, sagt der andere. »Die Welt ist nichts. Das Wichtige vergißt man nie. Das habe ich erst später gemerkt, als ich schon um einiges älter war. Das Nebensächliche gibt es nicht, das wirft man weg wie die Träume. Ans Regiment erinnere ich mich nicht«, sagt er störrisch. »Seit einiger Zeit erinnere ich mich nur noch an das Wesentliche.«

»Zum Beispiel an Wien und an dieses Haus, willst du das sagen? ...«

»An Wien und an dieses Haus«, wiederholt der Gast mechanisch. Er starrt vor sich hin, mit halb zugekniffenen Augen blinzelnd. »Die Erinnerung trennt auf wundersame Art die Spreu vom Weizen. Von großen Ereignissen stellt sich nach zehn, zwanzig Jahren heraus, daß sie in einem drin nichts bewirkt haben. Und dann erinnert man sich eines Tages an eine Jagd oder an eine Stelle in einem Buch oder an dieses Zimmer. Als wir das letzte Mal hier gegessen haben, waren wir zu dritt. Krisztina lebte noch. Sie saß da, in der Mitte. Auch damals stand diese Dekoration auf dem Tisch.«

»Ja«, sagt der General. »Vor dir stand der Osten, vor Krisztina der Süden. Und vor mir der Westen.«

»Du erinnerst dich sogar an die Einzelheiten?« fragt der Gast erstaunt.

»Ich erinnere mich an alles.«

»Ja, die Einzelheiten sind manchmal sehr wichtig. Sie halten gewissermaßen das Ganze zusammen, verkleben das Grundmaterial der Erinnerung. Daran habe ich auch manchmal gedacht, in den Tropen, wenn es regnete. Dieser Regen«, sagt er, als wolle er das Thema wechseln, »monatelang. Trommelt auf das Blechdach wie ein Maschinengewehr. Der Sumpf dampft, der Regen ist warm. Alles ist feucht, die Bettlaken, die Unterwäsche, die Bücher, der Tabak in der Blechdose, das Brot. Alles ist klebrig, leimig. Du sitzt im Haus, die Malaien singen. Die Frau, die du zu dir genommen hast, sitzt reglos in einer Ecke des Zimmers und schaut dich an. Sie können stundenlang so sitzen und einen anstarren. Zuerst achtet man nicht darauf. Dann wird man nervös, befiehlt ihnen, aus dem Zimmer zu gehen. Aber das hilft nichts: Du weißt, sie sitzen woanders, in einem anderen Zimmer, und starren dich durch die Wände hindurch an. Sie haben große braune Augen wie die tibetanischen Hunde, diese stummen Viecher, die unterwürfigsten Tiere auf der ganzen weiten Welt. Mit solchen glänzenden, ruhigen Augen schauen sie einen an, und wo immer man geht, fühlt man diesen Blick wie eine unheilvolle Strahlung, die einen verfolgt. Wenn du sie anschreist, lächelt sie. Wenn du sie schlägst, schaut sie dich lächelnd an. Wenn du sie wegschickst, setzt sie sich auf die Schwelle des Hauses und schaut herein. Da muß man sie zurückrufen. Sie bekommen fortwährend Kinder, aber davon spricht niemand, am wenigsten sie selbst. Als hättest du ein Tier, eine Mörderin, eine Priesterin, eine Zauberin und eine Fanatikerin in einer Person bei dir. Mit der Zeit wird man müde, denn dieses Schauen ist so stark, daß es auch den Stärksten zermürbt. So stark wie eine Berührung. Als würde man fortwährend gestreichelt. Es ist zum Verrücktwerden. Dann wird auch das gleichgültig. Es regnet. Man sitzt in seinem Zimmer, trinkt Schnaps, viel Schnaps, raucht süßen Tabak. Manchmal kommt jemand, sagt nicht viel, trinkt auch Schnaps und raucht süßen Tabak. Man möchte lesen, aber irgendwie regnet es ins Buch hinein; nicht im wörtlichen Sinn, und doch wirklich, die Buchstaben ergeben keinen Sinn, man hört nur den Regen. Man möchte Klavier spielen, aber der Regen sitzt neben einem und spielt mit. Dann kommt die Trockenheit, die dampfende Helle. Man altert rasch.«

»Hast du in den Tropen«, fragt der General höflich, »zuweilen die *Polonaise-fantaisie* gespielt?«

Sie verzehren jetzt die Steaks, aufmerksam und mit mächtigem Appetit, ins eifrige Kauen versunken, nach Art der alten Leute, für die das Essen nicht mehr nur einfache Nahrungsaufnahme ist, sondern eine feierliche, archaische Handlung. Wie zum Kräftesammeln, so kauen und schlucken sie, auf diese Weise aufmerksam. Für das Tun braucht es Kraft, und die findet sich auch in den Speisen, im halb durchgebratenen Fleisch, im dunklen Wein. Sie essen ein bißchen schmatzend und mit einer so ernsten, ehrfürchtigen Hingabe, als hätten sie keine Zeit mehr, auf die Tischmanieren zu achten, als wäre es wichtiger, jede Faser des Fleisches gründlich zu zerkauen, die Lebenskraft, die in diesem Stoff steckt, auszusaugen und sich zunutze zu machen. Sie essen zwar mit feinen Bewegungen, aber auch so wie die Stammesältesten beim Fest: unaufhaltsam, unverdrossen.

In seiner Ecke verfolgt der Majordomus die Bewegungen des Dieners mit besorgten Blicken, denn dieser balanciert gerade mit weißbehandschuhten Händen eine große Platte. Darauf Schokoladeeis, mit blaugelben Alkoholflammen brennend.

Die Diener schenken dem Gast und dem Hausherrn Champagner ein. Die beiden Alten riechen fachmännisch an der blaßgelben Flüssigkeit aus der fast kindergroßen Flasche.

Der General kostet davon und schiebt das Glas weg. Er macht ein Zeichen, daß er mehr Rotwein möchte. Blinzelnd verfolgt der Gast dieses Manöver. Vom vielen Essen und Trinken sind sie beide erhitzt.

»Zu meines Großvaters Zeiten«, sagt der General und blickt auf den Wein, »stand neben jedem Gast ein Pint Tischwein. Das war die Gästeportion. Ein Pint, anderthalb Liter. Tischwein. Mein Vater hat erzählt, daß auch vor den Gästen des Königs in Kristallkaraffen Tischwein stand. Vor jedem Gast eine Karaffe. Tischwein hieß er eben, weil er dort stand und der Gast soviel trinken konnte, wie er mochte. Die offiziellen Weine wurden separat eingeschenkt. Das war die Trinkordnung beim König.«

»Ja«, sagt Konrád rot und mit Verdauen beschäftigt. »Da hatte noch alles seine Ordnung«, fügt er gleichgültig hinzu.

»Hier hat er gesessen«, sagt der General beiläufig und zeigt mit dem Blick den Platz des Königs an der Tischmitte. »Rechts von ihm saß meine Mutter, links von ihm der Pfarrer. Hier, in diesem Zimmer hat er gesessen, am Ehrenplatz. Geschlafen hat er oben, im gelben Zimmer. Und nach dem Essen hat er mit meiner Mutter getanzt«, sagt er leise und greisenhaft, fast schon kindlich in seinem Erinnern. »Siehst du, darüber kann man mit niemandem mehr sprechen. Auch deshalb ist es gut, daß du noch einmal zurückgekommen bist«, sagt er ganz ernst. »Du hast mit meiner Mutter die *Polonaise-fantaisie* gespielt. Hast du sie später, in den Tropen, nicht mehr gespielt?« fragt er noch einmal, als wäre ihm das Wichtigste wieder eingefallen.

Der Gast denkt nach: »Nein«, sagt er. »Chopin habe ich in den Tropen nie gespielt. Weißt du, diese Musik berührt in mir sehr vieles. In den Tropen ist man empfindlicher.«

Jetzt, da sie gegessen und getrunken haben, ist das Unbehagliche, Feierliche der ersten halben Stunde verflogen. Das Blut in ihren verkalkten Arterien fließt wärmer, die Adern an Schläfen und Stirn treten hervor. Die Diener bringen Früchte aus dem Gewächshaus. Sie essen Trauben und Mispeln. Im Saal ist es warm geworden, die Lüfte des Sommerabends bewegen die grauen Vorhänge an den halboffenen Fenstern.

»Den Kaffee«, sagt der General, »könnten wir drüben trinken.«

In diesem Augenblick reißt ein Windstoß die Fenster auf, die Vorhänge beginnen zu flattern, auch der schwere Kristallüster gerät in Bewegung wie auf einem Schiff im Sturm. Der Himmel wird für einen Augenblick hell, ein schwefelgelber Blitz durchschneidet die Nacht wie ein goldener Dolch den Körper des Opfers. Schon schlägt der Sturm im Zimmer um sich, schon hat er einige der erschreckt flackernden Kerzen gelöscht; dann wird es plötzlich ganz dunkel. Der Majordomus eilt zum Fenster und schließt mit der Hilfe zweier Diener, im Dunkeln herumtastend, die Fensterflügel. Da sehen sie, daß auch die Stadt dunkel ist.

Der Blitz hat das städtische Elektrizitätswerk getroffen. Sie sitzen schweigend im Dunkeln, Licht kommt nur vom Feuer im Kamin und von zwei Kerzen, die noch brennen. Dann bringen die Lakaien andere Leuchter.

»Drüben«, wiederholt der General, von Blitzschlag und Dunkelheit offenbar ungerührt.

Ein Lakai weist ihnen mit hoch erhobenem Leuchter den Weg. Stumm und ein wenig schwankend wie Schatten an der Wand gehen sie in diesem gespenstischen Schein vom Eßzimmer durch kalte Salons in ein Zimmer, dessen Mobiliar einzig aus dem geöffneten Flügel und drei Sesseln besteht, die einen bauchigen, warmen Porzellanofen umgeben. Hierhin setzen sie sich und blicken durch die bodenlangen weißen Vorhänge auf die dunkle Landschaft. Der Lakai stellt den Kaffee auf ein Tischchen, dazu Zigarren und Schnaps; auf das Ofensims stellt er einen silbernen Leuchter mit dicken Kirchenkerzen. Sie zünden sich beide eine Zigarre an. Und schweigen und lassen sich wärmen. Aus dem Ofen strömt gleichmäßig die Wärme der Holzscheite, das Kerzenlicht tanzt über ihren Köpfen. Die Tür ist jetzt geschlossen. Sie sind allein.

13

»Wir leben nicht mehr lange«, sagt der General unvermittelt, als spräche er die Schlußfolgerung eines stummen Streitgesprächs aus. »Ein, zwei Jahre noch, vielleicht nicht einmal soviel. Wir leben nicht mehr lange, denn du bist zurückgekommen. Das weißt auch du genau. Du hattest in den Tropen Zeit, darüber nachzudenken, und später dann in deinem Haus bei London. Einundvierzig Jahre sind eine lange Zeit. Du hast es dir gut überlegt, nicht wahr? ... Aber dann bist du zurückgekommen, weil du nicht anders konntest. Und ich habe auf dich gewartet, weil ich nicht anders konnte. Und beide haben wir gewußt, daß wir uns noch einmal treffen werden – und daß dann Schluß ist. Mit dem Leben und mit allem, was unserem Dasein Inhalt und Spannung verliehen hat. Denn in einem Geheimnis, wie es zwischen dir und mir lauert, ist eine besondere Kraft. Es verbrennt das Gewebe des Lebens wie eine schädliche Strahlung, gleichzeitig gibt es ihm aber auch Spannkraft und Temperatur. Es zwingt einen zu leben ... Solange man auf Erden noch zu tun hat, lebt man. Ich will dir sagen, was ich in den vergangenen einundvierzig Jahren im Wald, allein, erlebt habe, während du in den Tropen und in der Welt draußen warst. Auch die Einsamkeit ist recht seltsam ... zuweilen voller Gefahren und Überraschungen wie ein Urwald. Ich kenne alle ihre Spielarten. Die Langeweile, die man mit der genauen Lebensordnung vergeblich bekämpft. Dann die plötzlichen Ausbrüche. Auch die Einsamkeit ist geheimnisvoll wie der Dschungel«, wiederholt er hartnäckig. »Man lebt einer genauen Ordnung gemäß, und eines Tages wird man zum Amokläufer wie deine Malaien. Man hat ein Haus, Titel und einen Rang und eine peinlich genaue Lebensweise. Und eines Tages rennt man aus alledem hinaus, mit einer Waffe in der Hand, oder auch ohne ... was fast gefährlicher ist. Man rennt in die Welt hinaus, einen starren Blick in den Augen; die Kumpane, die alten Freunde weichen einem aus. Man geht in eine Großstadt, kauft sich Frauen, um einen herum fliegt alles in die Luft, man sucht und findet Streit. Und, wie gesagt, das ist noch nicht das Schlimmste. Vielleicht wird man im Laufen niedergeschlagen wie ein räudiger, tollwütiger Hund. Vielleicht rennt man gegen eine Wand, gegen die Hindernisse des Lebens, und bricht sich sämtliche Knochen. Schlimmer ist es, wenn ein Mensch diese Aufwallung, die im Lauf einsamer Jahre in der Seele entsteht, in sich zurückdrängt. Und nirgendshin rennt. Niemanden umbringt. Was tut er dann? Er lebt, wartet, hält Ordnung. Lebt wie ein Mönch, nach einer heidnischen, weltlichen Ordnung … Wobei es für den Mönch leicht ist, denn er hat seinen Glauben. Ein Mensch, der seine Seele und sein Schicksal der Einsamkeit verschrieben hat, vermag nicht zu glauben. Er kann nur warten. Auf den Tag oder die Stunde, da er alles, was ihn in die Einsamkeit gezwungen hat, noch einmal mit denen oder mit dem besprechen kann, der ihn in diesen Zustand versetzt hat. Auf diesen Augenblick bereitet er sich während zehn oder vierzig oder genauer einundvierzig Jahren vor wie auf ein Duell. Er bringt seine Angelegenheiten in Ordnung, für den Fall, daß er im Duell unterliegt. Und er übt täglich, so wie es die professionellen Haudegen tun. Womit übt er? Mit den Erinnerungen, damit, daß er der Einsamkeit und der Zeit nicht erlaubt, ihn zu benebeln, sein Herz und seine Seele aufzuweichen. Denn es gibt im Leben ein Duell, eins ohne Säbel, das die vollkommene Vorbereitung lohnt. Das ist das Gefährlichste. Eines Tages aber ist der Augenblick da. Wie denkst du darüber?« fragt er höflich.

»Genauso«, sagt der Gast. Und blickt auf die Asche seiner Zigarre.

»Ich freue mich, daß auch du so denkst«, sagt der General. »Diese Erwartung erhält einen am Leben. Auch sie hat natürlich ihre Grenzen, wie alles im Leben. Wenn ich nicht gewußt hätte, daß du eines Tages zurückkommen wirst, hätte ich mich wahrscheinlich selbst auf den Weg gemacht, um dich zu suchen, in deinem Haus bei London oder in den Tropen oder im letzten Loch der Hölle. Denn ich hätte dich gesucht, das weißt du genau. Offenbar weiß man die wirklich entscheidenden Dinge. Du hast recht, man weiß sie, auch ohne Radio und Telephon. In meinem Haus gibt es kein Telephon, nur der Verwalter im Büro unten hat eins, und ein Radio habe ich auch nicht, denn ich habe verboten, daß man den dummen, schmutzigen Lärm der Welt in die Zimmer läßt, in denen ich wohne. Mir kann die Welt nichts mehr anhaben. Neue Weltordnungen mögen die Lebensform aufheben, in der ich geboren wurde und gelebt habe, aufrührerische, aggressive Kräfte mögen mir Freiheit und Leben nehmen. Es ist alles gleichgültig. Wichtig ist, daß ich mit der Welt, die ich erkannt und aus meinem Leben ausgeschlossen habe, nicht feilsche. Und doch habe ich ohne zeitgemäße Hilfsmittel gewußt, daß du eines Tages noch einmal zu mir kommen wirst. Ich habe es abgewartet, denn alles hat seine Zeit und seine Ordnung, die es abzuwarten gilt. Jetzt ist der Augenblick gekommen.«

»Was willst du damit sagen?« fragt Konrád. »Ich bin weggegangen, und dazu hatte ich ein Recht. Und vielleicht auch einen Grund. Ich bin ohne Vorankündigung weggegangen, ohne mich zu verabschieden, das stimmt. Gewiß hast du gespürt und verstanden, daß ich nicht anders konnte, daß es so richtig war.«

»Daß du nicht anders konntest?« fragt der General und schaut auf. Er betrachtet den Gast mit stechendem Blick wie einen Gegenstand. »Gerade darum geht es. Darüber grüble ich seit geraumer Weile. Seit einundvierzig Jahren, wenn ich mich nicht täusche.«

Und da der andere schweigt: »Jetzt, im Alter, denke ich viel an die Kindheit. Das sei normal, sagt man. Gegen Ende erinnert man sich deutlicher an den Anfang. Ich sehe Gesichter und höre Stimmen. Ich sehe den Augenblick, da ich dich im Garten der Anstalt meinem Vater vorstellte. Er hat dich damals als seinen Freund angenommen, weil du mein Freund warst. Er nahm nicht so rasch jemanden als seinen Freund an. Doch was er sagte, galt bis zum Tod. Erinnerst du dich an diesen Augenblick? ... Wir standen unter den Kastanien der großen Auffahrt, und mein Vater gab dir die Hand. ›Du bist der Freund meines Sohnes‹, hat er gesagt. ›Ehrt diese Freundschaft‹, hat er ernst hinzugefügt. Ich glaube, für ihn war nichts so wichtig wie dieses Wort. Hörst du mir zu? ... Danke. Ich will es also erzählen. Und mir Mühe geben, es der Reihe nach zu tun. Sei ganz unbesorgt, der Wagen wartet, er fährt dich jederzeit in die Stadt zurück, wenn du gehen möchtest. Sei ganz beruhigt, du brauchst nicht hier zu schlafen, wenn du nicht willst. Ich könnte mir vorstellen, daß es für dich nicht angenehm wäre. Doch wenn du es wünschst, kannst du die Nacht hier verbringen«, sagt er beiläufig. Und als der andere abwinkt: »Ganz wie du möchtest. Der Wagen wartet. Er bringt dich in die Stadt zurück, und am Morgen magst du wegfahren, in dein Haus bei London, oder in die Tropen, oder wohin auch immer. Vorher aber hör mich an.«

»Ich höre«, sagt der Gast.

»Danke«, antwortet der General lebhafter. »Wir könnten auch von anderem sprechen. Zwei alte Freunde, denen die Sonne nicht mehr scheint, erinnern sich an vieles. Doch wenn du schon da bist, wollen wir nur noch von der Wahrheit sprechen. Ich habe also damit begonnen, daß dich mein Vater als seinen Freund annahm. Du weißt genau, was das bei ihm bedeutete, du wußtest genau, daß der, dem er die Hand gegeben hatte, in allen Schicksalsschlägen des Lebens, in Not und Leid, auf ihn zählen konnte. Er hat selten jemandem die Hand gegeben, das stimmt. Aber wenn, dann ohne Vorbehalt. Auf diese Art hat er dir die Hand gegeben, im Hof der Anstalt, unter den Kastanien. Da waren wir zwölf Jahre alt. Es war der letzte Augenblick der Kindheit. Ich sehe ihn manchmal nachts mit aller Deutlichkeit, so wie alles, was im Leben wichtig war. Für meinen Vater bedeutete das Wort ›Freundschaft‹ dasselbe wie Ehre. Das wußtest du genau, du kanntest ihn ja. Und laß mich dir auch sagen, daß es für mich vielleicht sogar noch mehr bedeutete. Verzeih mir, wenn dir vielleicht unbehaglich wird von dem, was ich da erzähle«, sagt er leise und fast mit Wärme.

»Es ist mir nicht unbehaglich«, sagt Konrád ebenso leise. »Erzähl.«

»Es wäre gut zu wissen«, sagt er, als diskutiere er mit sich selbst, »ob es so etwas wie Freundschaft überhaupt gibt. Ich meine jetzt nicht die Gelegenheitsfreude, mit der sich zwei Menschen begegnen, weil sie in einem Abschnitt ihres Lebens über bestimmte Dinge gleich denken, weil sie einen ähnlichen Geschmack, ähnliche Bedürfnisse haben. All das ist nicht Freundschaft. Manchmal denke ich fast schon, sie sei die stärkste Verbindung im Leben und deshalb so selten. Und was liegt ihr zugrunde? Die Sympathie? Ein leeres, schales Wort, zu schwach, um auszudrücken, daß zwei Menschen in den schweren Momenten des Lebens füreinander einstehen. Sympathie? Oder vielleicht doch etwas anderes ... Vielleicht gibt es in der Tiefe einer jeden zwischenmenschlichen Beziehung ein Fünkchen Eros. Hier im Wald, in meiner Einsamkeit, als ich die Dinge des Lebens zu verstehen suchte, habe ich das hin und wieder gedacht. Die Freundschaft ist natürlich etwas anderes als die Angelegenheiten krankhaft veranlagter Menschen, die mit Gleichgeschlechtlichen eine Art von Befriedigung suchen. Für den Eros der Freundschaft braucht es den Körper nicht ... der würde eher stören als erregen. Und doch ist es Eros. In jeder Liebe, in jeder zwischenmenschlichen Beziehung lebt der Eros. Weißt du, ich habe viel gelesen«, sagt er, als wolle er sich entschuldigen.

»Heute wird darüber viel freier geschrieben. Aber auch Plato habe ich immer wieder gelesen, denn in der Schule hatte ich ihn noch nicht verstanden. Die Freundschaft, so dachte ich – du, der in der Welt herumgekommen ist, weißt darüber bestimmt besser und umfassender Bescheid als ich in meiner dörflichen Einsamkeit –, ist die edelste Beziehung, die es zwischen muttergeborenen Lebewesen geben kann. Interessant ist, daß auch die Tiere sie kennen. Es gibt zwischen Tieren Freundschaft, Selbstlosigkeit, Hilfsbereitschaft. Ein russischer Herzog hat darüber geschrieben ... Ich habe seinen Namen vergessen. Es gibt Löwen und Auerhähne und noch andere Lebewesen verschiedenster Gattung, die den in Not geratenen Artgenossen zu Hilfe kommen, ja, ich habe selbst gesehen, wie sie manchmal sogar artfremden Tieren helfen. Hast du im Ausland je so etwas erlebt? ... Dort ist die Freundschaft bestimmt etwas anderes, fortgeschrittener, zeitgemäßer als bei uns in unserer zurückgebliebenen Welt. Die Lebewesen organisieren die gegenseitige Hilfe ... Bisweilen kämpfen sie dabei mit Mühe gegen die Hindernisse an, aber es gibt immer starke, hilfsbereite Wesen, in jeder lebendigen Gemeinschaft. In der Tierwelt habe ich dafür Hunderte von Beispielen gesehen. Unter den Menschen nicht so viele. Oder besser gesagt, kein einziges. Die Sympathien, die ich zwischen Menschen entstehen sah, erstickten am Ende alle im Sumpf der Eitelkeit und des Egoismus. Kameradschaft und Kumpanei sehen bisweilen nach Freundschaft aus. Gemeinsame Interessen können zwischenmenschliche Situationen schaffen, die der Freundschaft gleichen. Und auch um der Einsamkeit zu entfliehen, lassen sich die Menschen gern zu Vertraulichkeiten hinreißen, die sie später allerdings bereuen, die ihnen aber eine Zeitlang als Spielarten der Freundschaft erscheinen mögen. Das alles ist natürlich nicht das Wahre. Vielmehr stellt man es sich so vor – mein Vater tat es noch –, daß die Freundschaft ein Dienst ist. Wie der Liebende, so erwartet auch der Freund keinen Lohn für seine Gefühle. Er will keine Gegendienste, er sieht den Menschen, den er als Freund erwählt hat, nicht in einem illusorischen Licht, er sieht seine Fehler und akzeptiert ihn mitsamt allen Folgen. Das wäre die Idee. Und hätte es ohne eine solche Idee einen Wert zu leben, Mensch zu sein? Und wenn ein Freund versagt, weil er kein richtiger Freund ist, darf man dann seinen Charakter, seine Schwäche anklagen? Was ist eine Freundschaft wert, in der man den anderen für seine Tugenden, seine Treue, seine Beständigkeit liebt? Was sind die Arten von Liebe wert, die mit Treue rechnen? Ist es nicht unsere Pflicht, den treulosen Freund genauso zu akzeptieren wie den treuen, der sich aufopfert? Ist nicht das der wahre Gehalt einer jeden menschlichen Beziehung, diese Selbstlosigkeit, die vom anderen nichts, rein gar nichts fordert und erwartet? Und um so weniger erwartet, je mehr er selbst gibt? Und wenn er dem anderen das Vertrauen einer ganzen Jugendzeit schenkt und dann die Opferbereitschaft eines ganzen Mannesalters und am Schluß das Höchste, das ein Mensch dem anderen geben kann, nämlich das blinde, bedingungslose, leidenschaftliche Vertrauen, und wenn er dann sehen muß, daß der andere treulos und gemein ist, darf er dann aufbegehren und Rache wollen? Und wenn er aufbegehrt, wenn er nach Rache schreit, ist er dann ein wahrer Freund gewesen, er, der Betrogene und Verlassene? Siehst du, mit solchen theoretischen Fragen habe ich mich beschäftigt, nachdem ich allein zurückgeblieben war. Natürlich gab die Einsamkeit keine Antwort. Auch die Bücher gaben keine vollständige Antwort. Weder die alten Bücher, die Werke chinesischer, jüdischer und antiker Denker, noch die neuen, die alles rundheraus sagen, wobei es eher um das runde Sagen als um das Sagen der Wahrheit geht. Aber gibt es überhaupt jemanden, der je die Wahrheit ausgesprochen, niedergeschrieben hat? ... Auch darüber habe ich lange nachgedacht, nachdem ich eines Tages begonnen hatte, in meiner Seele und in den Büchern zu forschen. Die Zeit verging, und das Leben um mich herum wurde dämmrig. Die Bücher und die Erinnerungen häuften und verdichteten sich. Und in jedem Buch war ein Körnchen Wahrheit, worauf jede Erinnerung antwortete, daß der Mensch vergeblich die wahre Natur der Beziehungen kennenlerne, er werde durch solche Erkenntnisse doch nicht klüger. Und deshalb haben wir kein Recht, vom anderen bedingungslose Ehrlichkeit und Treue zu verlangen, nicht einmal dann, wenn die Geschehnisse gezeigt haben, daß dieser Freund untreu war.«

»Bist du ganz sicher«, fragt der Gast, »daß dieser Freund untreu gewesen ist?«

Jetzt schweigen sie lange. Im Halbdunkel, im unruhigen Kerzenlicht wirken sie klein; zwei zusammengeschrumpfte Greise blicken sich an; kaum sichtbar in dem Licht.

»Ich bin nicht ganz sicher«, sagt der General. »Deswegen bist du da. Darüber reden wir.«

Er lehnt sich in seinem Sessel zurück und verschränkt die Arme mit einer ruhigen, disziplinierten Bewegung. Er sagt: »Denn es gibt eine Tatsachenwahrheit. Das und das ist geschehen. So und so ist es geschehen. Dann und dann ist es geschehen. Das zu erfahren ist nicht schwer. Die Tatsachen sprechen, wie man zu sagen pflegt; gegen Lebensende schreien die Tatsachen ihre Geständnisse lauter heraus als die Angeklagten auf der Folterbank. Am Ende ist alles geschehen, und das läßt sich nicht mißverstehen. Doch zuweilen sind die Tatsachen nur armselige Folgeerscheinungen. Man macht sich nicht mit dem schuldig, was man tut, sondern mit der Absicht, die hinter diesem Tun steckt. In der Absicht ist alles. Die großen, alten, von der Religion bestimmten Rechtsordnungen, die ich studiert habe, wissen und verkünden das. Ein Mensch kann eine Treulosigkeit, eine Gemeinheit, ja auch das Schlimmste, einen Mord, begehen und dabei schuldlos bleiben. Die Handlung ist noch nicht die Wahrheit. Sie ist immer nur eine Folge, und wenn man eines Tages als Richter auftreten und ein Urteil sprechen muß, darf man sich nicht mit den Tatsachen aus dem Polizeirapport begnügen, man muß auch das kennen, was die Juristen das Motiv nennen. Die Tatsache deiner Flucht ist leicht zu verstehen. Ihr Motiv nicht. Du kannst mir glauben, daß ich in den vergangenen einundvierzig Jahren jede Möglichkeit erwogen habe, um mir diesen unverständlichen Schritt zu erklären. Keine einzige Erwägung führte zu einer Antwort. Nur die Wahrheit vermag zu antworten.«

»Du sprichst von Flucht«, sagt Konrád. »Das ist ein starkes Wort. Schließlich und endlich war ich niemandem etwas schuldig. Ich hatte meinen Rang ordnungsgemäß aufgegeben. Ich habe keine schmutzigen Schulden zurückgelassen, ich hatte niemandem etwas versprochen und dann nicht eingehalten. Flucht, ein starkes Wort«, sagt er ernst und richtet sich ein wenig auf.

Dem Zittern seiner Stimme ist aber anzuhören, daß die Aufwallung, die düster mitschwingt, nicht ganz ehrlich ist.

»Mag sein, daß das Wort zu stark ist«, sagt der General nickend. »Aber wenn du das Geschehen aus

der Distanz betrachtest, mußt du zugeben, daß es nicht leicht ist, ein milderes zu finden. Du sagst, du seist niemandem etwas schuldig gewesen. Das stimmt, und stimmt auch nicht. Natürlich warst du weder deinem Schneider noch den Wucherern in der Stadt etwas schuldig. Auch mir hast du weder Geld noch etwas Versprochenes geschuldet. Und doch wußtest du an dem Julitag – du siehst, ich erinnere mich sogar noch an den Tag, es war ein Mittwoch –, als du die Stadt verlassen hast, daß eine Schuld zurückblieb. Am Abend ging ich in deine Wohnung, weil ich gehört hatte, daß du verreist warst. Ich hatte es beim Einbruch der Dunkelheit erfahren, unter besonderen Umständen. Auch darüber können wir einmal sprechen, wenn du willst. Ich ging zu deiner Wohnung, wo mich nur noch dein Bursche empfing. Ich bat ihn, mich allein zu lassen, in dem Zimmer, wo du in den letzten Jahren gelebt hattest, als du den Dienst hier in der Stadt versehen hast.«
Er verstummt, lehnt sich zurück und bedeckt mit der Hand die Augen, als blicke er in die Vergangenheit. Dann fährt er mit ruhiger, gleichmäßiger Stimme fort: »Selbstverständlich gehorchte der Bursche meinem Befehl, es blieb ihm ja nichts anderes übrig. Ich war allein in dem Zimmer, wo du gewohnt hast. Ich habe mir alles gut angeschaut … Verzeih die taktlose Neugier. Aber irgendwie vermochte ich die Realität nicht zu glauben, konnte nicht glauben, daß der Mensch, mit dem ich einen großen Teil meines Lebens ver-

bracht hatte, das heißt genau vierundzwanzig Jahre, die schönsten Jahre der Kindheit, der Jugend und des Mannesalters, daß dieser Mensch geflohen war. Ich gab mir Mühe, es zu rechtfertigen, ich dachte, vielleicht ist er schwer krank, oder ich hoffte, du seist verrückt geworden oder man sei hinter dir her, vielleicht hattest du Karten gespielt oder dich gegen das Regiment, die Fahne, dein Wort oder deine Ehre vergangen. Solches hoffte ich. Ja, wundere dich nicht, das alles schien mir damals ein geringeres Vergehen als das, was du getan hattest. Alles wäre mir als Rechtfertigung und Erklärung erschienen, sogar noch der letzte Verrat an den Idealen der Welt. Nur eines konnte ich nicht verstehen: daß du dich an mir versündigt hattest. Du bist weggelaufen wie ein Betrüger, wie ein Dieb, du bist weggelaufen, nachdem du ein paar Stunden zuvor noch mit uns zusammengewesen warst, mit Krisztina und mir, im Schloß oben, wo wir lange Jahre hindurch die Stunden des Tages und manchmal auch der Nacht gemeinsam verbracht hatten, in Vertrauen und geschwisterlicher Vertrautheit, wie sie nur die Zwillinge kennen, diese seltsamen Wesen, die durch eine Laune der Natur auf Leben und Tod miteinander verbunden sind. Du weißt ja, Zwillinge, die noch als Erwachsene, noch in der Entfernung, alles voneinander wissen. Und denen ein seltsames Naturgesetz befiehlt, gleichzeitig zu erkranken, und an der gleichen Krankheit, auch wenn der eine in London lebt und der andere weit weg, in einem fremden Land. Sie reden nicht miteinander, sie schreiben einander nicht, sie leben in verschiedenen Verhältnissen, sie ernähren sich unterschiedlich, zwischen ihnen Tausende von Kilometern. Und doch bekommen sie im Alter von dreißig oder vierzig Jahren die gleiche Krankheit, eine Gallenkolik oder eine Blinddarmentzündung, wobei sie die gleichen Überlebenschancen haben. Die beiden Körper sind einander organisch verbunden wie im Mutterleib… Und sie lieben oder hassen dieselben Menschen. Das gibt es, in der Natur. Nicht häufig… Aber vielleicht auch nicht so selten, wie man allgemein glaubt. Und manchmal habe ich sogar gedacht, daß die Freundschaft eben eine solche Verbindung ist – wie die schicksalhafte Zusammengehörigkeit von Zwillingen. Eine merkwürdige Identität der Neigungen, der Sympathie, des Geschmacks, des Temperaments und der Bildung verbindet zwei Menschen im selben Schicksal. Und der eine mag dem andern antun, was er will, sie haben doch ein gemeinsames Los. Und der eine mag vor dem anderen fliehen, das Wesentliche wissen sie doch voneinander. Und der eine mag einen neuen Freund oder eine Geliebte nehmen, er kommt ohne die geheime, ungeschriebene Erlaubnis des anderen von ihrer Gemeinsamkeit nicht los. Das Schicksal solcher Menschen vollzieht sich auf parallel verlaufenden Wegen, der andere mag noch soweit weggehen, und sei es in die Tropen. Daran dachte ich, beiläufig, als ich in deinem Zimmer stand, am Tag deiner Flucht. Ich sehe diesen Augenblick ganz deutlich vor mir, rieche noch den Duft des schweren englischen Tabaks, sehe noch die Möbel, den Diwan mit dem großen Orientteppich, die Reiterbilder an den Wänden. Und auch an einen bordeauxroten Ledersessel erinnere ich mich, wie sie in Rauchzimmern zu stehen pflegen. Der Diwan war groß, und man sah ihm an, daß du ihn hattest anfertigen lassen, so etwas konnte man in unserer Gegend nicht kaufen. Es war eigentlich gar kein Diwan, sondern eher ein französisches Bett, für zwei Personen.«

Er blickt dem Rauch nach.

»Das Fenster ging auf den Garten. Wenn ich mich recht erinnere ... Es war das erste und das letzte Mal, daß ich dort gewesen bin. Du wolltest nie, daß ich dich besuche. Und nur nebenbei hast du erwähnt, daß du ein Haus gemietet hattest, am Stadtrand, in einer verlassenen Gegend, ein Haus mit Garten. Du hattest es drei Jahre vor deiner Flucht gemietet – verzeih, ich sehe, daß du das Wort nicht gern hörst.«

»Mach nur weiter«, sagt der Gast. »Auf Wörter kommt es nicht an. Mach weiter, da du schon angefangen hast.«

»Meinst du?« fragt der General mit harmlosem Interesse. »Kommt es auf die Wörter nicht an? Das würde ich nicht zu behaupten wagen. Zuweilen scheint es mir schon, daß es auf die Wörter, die man sagt oder verschweigt oder schreibt, sehr wohl ankommt, wenn nicht sogar ausschließlich auf sie ... Ja, das glaube ich«, sagt er jetzt bestimmt. »Du hattest mich nie in diese Wohnung eingeladen, und ungeladen konnte ich dich nicht besuchen. Um ehrlich zu sein, ich dachte, du schämtest dich vor mir, dem reichen Mann, für diese Wohnung, die du möbliert hattest ... Vielleicht empfandest du sie als ärmlich ... Du warst ein sehr stolzer Mensch«, sagt er bestimmt. »Das einzige, das uns in unserer Jugend trennte, war das Geld. Du warst stolz und konntest mir nicht verzeihen, daß ich reich bin. Später im Leben habe ich sogar daran gedacht, daß man Reichtum vielleicht wirklich nicht verzeihen kann. Das Vermögen, dessen ständiger Gast du warst, hatte etwas völlig Übertriebenes ... Ich war da hineingeboren worden, und auch ich hatte zuweilen das Gefühl, es sei unverzeihlich. Und du hast immer peinlich darauf geachtet, den finanziellen Unterschied zwischen uns fühlen zu lassen. Die Armen, vor allem die Armen der höheren Gesellschaftsschicht, verzeihen nicht«, sagt er mit seltsamer Befriedigung. »Deshalb dachte ich, du versteckst vielleicht die Wohnung vor mir, vielleicht schämst du dich der einfachen Möbel. Eine dumme Vermutung, ich weiß das jetzt, aber dein Hochmut war wirklich grenzenlos. Nun, eines Tages stehe ich doch in dem Heim, das du gemietet und eingerichtet und mir nie gezeigt hast. Und ich traue meinen Augen nicht. Diese Wohnung war, wie du ja weißt, ein Kunstwerk. Sie war nicht groß, ein geräumiges

Zimmer im Erdgeschoß, zwei kleine im oberen Stock, doch Möbel, Zimmer und Garten, und alles so, wie sich nur ein Künstler einzurichten vermag. Da habe ich begriffen, daß du tatsächlich ein Künstler bist. Und ich begriff auch, wie sehr du unter uns anderen Menschen ein Fremder warst. Und wie sehr man sich an dir versündigt hat, als man dich aus Liebe und Ehrgeiz zum Militär gab. Nein, ein Soldat warst du nie – und ich konnte die tiefe Einsamkeit nachfühlen, in der du unter uns gelebt hattest. Dieses Zuhause aber war dein Versteck, so wie im Mittelalter die Burg oder das Kloster für jene, die der Welt entsagt hatten. Und wie ein Pirat hast du hier alles gehortet, was schön und edel ist: Vorhänge und Teppiche, alte Bronzen und Silber, Kristalle und Möbel, seltene Stoffe ... Ich weiß, in jenen Jahren starb deine Mutter, und du hattest auch von deinen polnischen Verwandten geerbt. Du hast einmal ein Gut an der russischen Grenze erwähnt, und daß es dir gehören würde. Hier also war das Gut, in diesen drei Zimmern, umgetauscht in Möbel und Bilder. Und in der Mitte des unteren Zimmers der Flügel, mit altem Brokat bedeckt, darauf eine Kristallvase mit drei Orchideen. Die gibt es in dieser Gegend nur in meinem Gewächshaus. Ich bin durch die Zimmer gegangen und habe mir alles gründlich angeschaut. Ich begriff, daß du unter uns gelebt und doch nicht zu uns gehört hast. Ich begriff, daß du dieses Kunstwerk, dieses ungewöhnliche Zuhause, heimlich geschaffen hattest, trotzig und mit großem Kraftaufwand, um es vor der Welt zu verstecken, um nur für dich und deine Kunst zu leben. Denn du bist ein Künstler, und vielleicht hättest du ein Werk schaffen können«, sagt er, als dulde er keinen Widerspruch. »Das alles habe ich zwischen den erlesenen Möbeln der verlassenen Wohnung begriffen. Und in dem Augenblick trat Krisztina ein.«

Er verschränkt die Arme über der Brust und spricht so leidenschaftslos und gelassen, als diktiere er einem Polizisten den Hergang eines Unfalls in die Feder.

»Ich stand vor dem Klavier und betrachtete die Orchideen«, sagt er. »Die Wohnung war wie eine Verkleidung. Oder war für dich vielleicht die Uniform eine Verkleidung? Das kannst nur du beantworten, und jetzt, da alles vorbei ist, hast du tatsächlich geantwortet, nämlich mit deinem Leben. Die wichtigen Fragen beantwortet man letztlich immer mit seinem ganzen Leben. Spielt es eine Rolle, was man unterdessen sagt, mit welchen Worten und Prinzipien man sich verteidigt? Am Ende, am Ende von allem, beantwortet man mit den Tatsachen seines Lebens die Fragen, die einem die Welt so hartnäckig gestellt hat. Solche Fragen lauten: Wer bist du? ... Was wolltest du wirklich? ... Was konntest du wirklich? ... Wo warst du treu, wo untreu? ... Wo warst du tapfer und wo feige? ... So lauten diese Fragen. Und man antwortet, wie man kann, ehrlich oder verlogen; das ist aber nicht so wichtig. Wichtig ist, daß man am Ende mit seinem ganzen Leben antwortet. Du hast die Uniform abgelegt, weil sie dir als Verkleidung vorkam, soviel ist schon klar. Ich hingegen habe sie getragen, solange der Dienst und die Welt es von mir verlangten; und auch ich habe geantwortet. Das war die eine Frage. Die andere: Was warst du für mich? Warst du mein Freund? Schließlich bist du geflohen. Ohne Abschied, wenn auch nicht ganz ohne, denn am Vortag war auf der Jagd etwas geschehen, dessen Sinn mir erst später aufging; das war bereits der Abschied. Man weiß selten, welches Wort oder welche Handlung eine endgültige, nicht rückgängig zu machende Veränderung in den zwischenmenschlichen Beziehungen ankündigt. Warum bin ich denn an jenem Tag in deine Wohnung gegangen? Du hast mich nicht gerufen, du hast dich nicht verabschiedet, hast keine Nachricht hinterlassen. Was suchte ich dort, wohin du mich nie eingeladen hattest, gerade an dem Tag, an dem du von uns weggegangen bist? Welche Botschaft trieb mich, den Wagen zu nehmen, schnell in die Stadt zu fahren, dich in deiner Wohnung aufzusuchen, die da aber schon leer war? ... Was hatte ich am Vortag, auf der Jagd, erfahren? War da nicht etwas verlorengegangen? ... Hatte ich nicht eine vertrauliche Nachricht, einen Wink, eine Meldung erhalten, daß du deine Flucht vorbereitest? ... Nein, es schwiegen alle, sogar Nini – erinnerst du dich an die alte Amme? Sie wußte alles von uns. Ob sie noch lebt? Ja, sie lebt noch, auf ihre Art. Sie lebt wie der Baum da vor dem Fenster, den noch mein Urgroßvater gepflanzt hat. Sie hat ihre Zeit wie alle Lebewesen, ihre Zeit, die sie leben muß. Sie hat es gewußt. Aber auch sie hat nichts gesagt. Ich war in jenen Tagen ganz allein. Und doch wußte ich, daß es der Augenblick war, da die Zeit reif ist, da alles herauskommt, da alles seinen Ort findet, du und ich und alle. Ja, ich hatte es auf der Jagd erfahren«, sagt er, versunken in der Erinnerung und gleichsam sich selbst eine oft gestellte Frage beantwortend. Dann verstummt er.

»Was hast du auf der Jagd erfahren?« fragt Konrád.

»Es war eine schöne Jagd«, sagt der General fast schon mit warmer Stimme, als durchlebe er in Gedanken die Einzelheiten einer lieben Erinnerung. »Die letzte große Jagd in diesem Wald. Damals gab es noch Jäger, richtige Jäger ... Vielleicht gibt es sie heute noch, ich weiß es nicht. Ich selbst habe damals zum letzten Mal in meinem Wald gejagt. Seither kommen nur noch Sonntagsjäger, Gäste, die vom Gutsverwalter empfangen werden und im Wald herumballern. Die echte Jagd, das war etwas anderes. Du kannst das nicht verstehen, denn du warst nie ein Jäger. Für dich war auch das nur eine Pflicht, eine berufs- und standesgemäße Pflicht, so wie das Reiten und das Gesellschaftsleben. Du warst Jäger, aber nur wie jemand, der sich einer gesellschaftlichen Formalität beugt. Du jagtest mit einem verächtlichen Gesichtsausdruck. Und auch das Gewehr trugst du nachlässig wie einen Spazierstock. Du kennst diese sonderbare Leidenschaft nicht, die geheimste Leidenschaft eines Männerlebens, die hinter allen Rollen, Kleidern und Verfeinerungen in einem Mann drinsteckt, so tief wie das ewige Feuer im Erdinnern. Diese Leidenschaft ist die Lust am Töten. Wir sind Menschen, uns ist aufgetragen zu töten. Das muß so sein … Man tötet, um etwas zu beschützen, man tötet, um etwas zu erhalten, man tötet, um sich für etwas zu rächen. Du lächelst? … Du lächelst verächtlich? Du warst ein Künstler, in deiner Seele hatten sich diese niedrigen, rohen Instinkte wohl verfeinert? … Du denkst vielleicht, du hättest nie etwas Lebendiges getötet. Das ist nicht so sicher«, sagt er streng und sachlich. »Das ist jetzt der Abend, an dem es keinen Wert hat, von anderem als vom Wesentlichen und von der Wahrheit zu sprechen, denn dieser Abend hat keine Fortsetzung, und vielleicht kommen nach ihm nicht mehr viele Abende und Tage … Ich meine, es kommt bestimmt keiner mehr, der noch einen besonderen Sinn hätte. Vielleicht erinnerst du dich, daß auch ich vor langer Zeit einmal im Orient gewesen bin; auf meiner Hochzeitsreise mit Krisztina. Wir bereisten die arabischen Länder, in Bagdad waren wir Gäste einer arabischen Familie. Das sind die vornehmsten Menschen, was du, der Weitgereiste, bestimmt weißt. Ihr Hochmut, ihr Stolz, ihre Haltung, ihre Leidenschaftlichkeit und Ruhe, die Disziplin ihrer Körper und die Selbstsicherheit ihrer Bewegungen, ihre Spiele und das

Blitzen ihrer Augen, das alles spiegelt ein altes Standesbewußtsein, eines von der anderen Art, das noch aus der Zeit stammt, da der Mensch im Durcheinander der Schöpfung zum ersten Mal zu seinem hohen Rang erwacht ist. Einer Theorie gemäß ist das Menschengeschlecht in jener Gegend entstanden, zu Beginn der Zeiten, noch vor der Entstehung von Völkern, Stämmen, Kulturen, dort, tief in der arabischen Welt. Vielleicht sind sie deshalb so stolz. Ich weiß es nicht. Ich verstehe nichts davon ... Vom Stolz aber verstehe ich etwas. Und wie man eben ohne äußere Anzeichen spürt, daß der andere gleichen Blutes, gleichen Ranges ist, so spürte ich in jenen Wochen im Orient, daß die Menschen dort vornehm sind, die schmutzigsten Kameltreiber eingerechnet. Wie gesagt, wir wohnten bei Einheimischen, in einem palastartigen Haus; dank der Empfehlung unseres Botschafters waren wir Gäste jener Familie. Diese kühlen, weißen Häuser ... Kennst du sie? Der große Hof, in dem sich das Leben der Familie und des Stammes abspielt, Wochenmarkt, Parlament und Tempelvorhof in einem ... Dieses Schlendern, dieses gierig Spielerische in jeder Bewegung. Dieses würdige, hartnäckige Nichtstun, hinter dem Lebenslust und Leidenschaft lauern wie die Schlange hinter dem reglosen, sonnenbeschienenen Gestein. An einem Abend luden sie uns zu Ehren Gäste ein, arabische Gäste. Bis dahin hatten sie uns mehr oder weniger auf europäische Art bewirtet, der Hausherr war

Richter und Schmuggler, einer der wohlhabendsten Männer der Stadt. In den Gästezimmern standen englische Möbel, die Badewanne war aus reinem Silber. An dem Abend aber bekamen wir etwas zu sehen. Die Gäste trafen nach Sonnenuntergang ein, nur Männer, die Herren mit ihren Dienern. In der Mitte des Hofs loderte schon das Feuer, mit dem beißenden Rauch, der aus dem Dung von Kamelen entsteht. Alle ließen sich schweigend darum herum nieder. Krisztina war die einzige Frau unter uns. Dann wurde ein Lamm gebracht, ein weißes Lamm, der Hausherr nahm sein Messer und stach es ab, mit einer Bewegung, die ich nicht vergessen kann... Eine solche Bewegung läßt sich nicht lernen, es ist eine orientalische Bewegung, aus der Zeit, da das Töten noch eine symbolische und religiöse Bedeutung hatte, als es noch etwas Wesentliches bedeutete, nämlich das Opfer. So erhob Abraham das Messer über Isaak, als er ihn opfern wollte, mit dieser Bewegung wurden in den alten Tempeln die Opfer vor dem Altar, vor dem Götzen oder dem Bildnis der Gottheit getötet, und mit dieser Bewegung wurde Johannes dem Täufer der Kopf abgeschlagen... Eine uralte Bewegung. Im Orient ist sie jedem Menschen angeboren. Vielleicht begann mit dieser Bewegung das Menschsein, nach dem Zwischenzustand zwischen Mensch und Tier... Nach gängigem Wissen begann das Menschsein damit, daß man seinen Daumen abwinkeln und also die Waffe oder das Werkzeug packen konnte. Aber vielleicht hat es mit der Seele und nicht mit dem Daumen zu tun; vielleicht, ich weiß es nicht ... Der arabische Herr stach das Lamm ab, und in dem Augenblick war dieser ältere Mann in seinem weißen Burnus, auf den kein einziger Blutstropfen fiel, wie ein orientalischer Hohepriester, der das Opfer vollzieht. Seine Augen leuchteten, einen Moment lang war er verjüngt, und ringsum herrschte Totenstille. Sie saßen um das Feuer, beobachteten die Bewegung des Tötens, das Blitzen des Messers, das Zucken des Lammes, das herausschießende Blut, und allen leuchteten die Augen. Und da habe ich begriffen, daß diese Leute dem Akt des Tötens noch ganz nahe sind, für sie ist Blut ein vertrauter Stoff, und auch das Blitzen des Messers ist etwas Natürliches, wie das Lächeln einer Frau, wie der Regen. Wir verstanden – und ich glaube, auch Krisztina verstand, denn in dem Augenblick war sie merkwürdig ergriffen, sie errötete, wurde dann bleich, atmete schwer und wandte den Kopf ab, als wäre sie Augenzeugin einer leidenschaftlichen Gefühlsszene –, wir verstanden, daß man im Osten die heilige Symbolik des Tötens, aber auch seine geheime, sinnliche Bedeutung noch kennt. Denn diese dunklen, edlen Gesichter lächelten alle, sie schürzten die Lippen und blickten entzückt grinsend vor sich hin, als wäre das Töten eine heiße, angenehme Angelegenheit, wie eine Umarmung. Merkwürdig, daß auf ungarisch das Wort Töten und das Wort Umarmung zusammenklingen und sich gewissermaßen steigern: *ölés* und *ölelés*... Nun ja. Wir sind natürlich westliche Menschen«, sagt er mit anderer Stimme, irgendwie im Ton einer Abhandlung. »Westliche Menschen oder zumindest Einwanderer, die sich hier niedergelassen haben. Für uns ist das Töten eine rechtliche und moralische Frage, oder eine medizinische, jedenfalls eine erlaubte oder verbotene Sache, ein im Rechts- und Moralsystem genau umschriebenes Phänomen. Auch wir töten, aber auf kompliziertere Art; wir töten so, wie es das Gesetz vorschreibt und gestattet. Wir töten, um hohe Prinzipien und wichtige menschliche Werte zu schützen, wir töten, um die Ordnung des menschlichen Zusammenlebens aufrechtzuerhalten. Das kann gar nicht anders sein. Wir sind Christen, wir haben ein Schuldbewußtsein, wir sind das Ergebnis westlicher Bildung. Unsere Geschichte ist bis in unsere Tage voller Massenmorde, vom Töten aber sprechen wir gesenkten Blickes und in bigottem, empörtem Ton; wir können nicht anders, so schreibt es unsere Rolle vor. Nur die Jagd«, sagt er mit einemmal fast fröhlich, »auch da halten wir ritterliche und praktische Regeln ein, wir schonen das Wild, soweit es die Situation in einer bestimmten Gegend erfordert, doch die Jagd ist immer noch ein Opfer, ein entstellter, aber noch als Ritus erkennbarer Rest einer uralten religiösen Handlung. Denn es stimmt nicht, daß der Jäger um der Beute willen tötet. Das hat er nie getan, wahrscheinlich nicht einmal in der Urzeit, als das Jagen eine der wenigen Möglichkeiten der Nahrungsbeschaffung war. Immer gab es um die Jagd ein Ritual, ein religiöses Stammesritual. Der gute Jäger war immer der Erste seines Stammes und also auch ein bißchen der Priester. Im Lauf der Zeit ist das natürlich alles verblaßt. Aber noch in dieser verblaßten Form sind die Rituale vorhanden. Ich habe in meinem Leben vielleicht nichts so sehr geliebt wie die Morgenfrühe auf der Jagd. Man steht noch bei Dunkelheit auf, zieht sich anders an als im Alltag, legt zweckmäßige, ausgewählte Kleidung an, ißt im lampenbeleuchteten Zimmer ein anderes Frühstück als sonst, stärkt sich das Herz mit Schnaps, kaut kaltes Fleisch dazu. Ich liebte den Geruch der Jägerkleidung, der Filz hatte sich mit dem Geruch des Walds, des Laubs, der Luft und des verspritzten Bluts vollgesogen, denn man hatte sich die erlegten Vögel an den Gurt gehängt, und ihr Blut beschmutzte die Jacke. Aber ist Blut etwas Schmutziges? ... Ich glaube nicht. Es ist der edelste Stoff der Welt, und zu jeder Zeit hat der Mensch, der Gott etwas unaussprechlich Großes sagen wollte, Blut geopfert. Und der ölige Metallgeruch des Gewehrs. Und der rohe, ranzige Geruch des Leders. Das alles habe ich geliebt«, sagt er ein wenig greisenhaft und fast verschämt, als gebe er eine Schwäche zu. »Und dann tritt man aus dem Haus, die Jagdkameraden warten schon, die Sonne ist noch nicht aufgegangen, der Jäger hält die Hunde an der Leine und erstattet leise Meldung über die Geschehnisse der Nacht. Jetzt setzt man sich in den Wagen und fährt los. Die Gegend beginnt zu erwachen, der Wald streckt sich, reibt sich mit einer schläfrigen Bewegung die Augen. Alles riecht so sauber wie in einer anderen Heimat, die es am Anfang des Lebens und der Dinge gab. Dann bleibt der Wagen am Waldrand stehen, du steigst aus, dein Hund und dein Jäger gehen still neben dir her. Unter deinen Stiefelsohlen macht das feuchte Laub kaum ein Geräusch. Die Lichtungen sind voller Fährten. Jetzt erwacht alles um einen herum zum Leben: Das Licht läßt die Decke über dem Wald aufgehen, als begänne der geheime Mechanismus auf dem Schnürboden des rätselhaften Welttheaters zu funktionieren. Jetzt beginnen die Vögel zu singen, ein Reh wechselt über den Waldweg, weit vorn, auf dreihundert Schritt Entfernung. Du ziehst dich ins Unterholz zurück, beobachtest. Du hast den Hund bei dir, heute gehst du nicht auf Rehe ... Das Tier bleibt stehen, sieht dich nicht, wittert dich nicht, weil du den Wind gegen dich hast, und doch weiß es, daß sein Schicksal in der Nähe ist; es hebt den Kopf, wendet den zarten Hals, sein Körper spannt sich, es steht für einige Augenblicke so reglos gebannt, wie man nur vor seinem Schicksal zu stutzen vermag, in völliger Hilflosigkeit, weil man weiß, daß das Schicksal kein zufälliges Mißgeschick ist, sondern die notwendige Folge unberechenbarer und schwer verständlicher Zusammenhänge. Und jetzt bereust du schon, daß du keine Büchse bei dir hast. Auch du, dort im Unterholz, stehst gebannt, auch du bist an den Augenblick gefesselt, du, der Jäger. Und du spürst in den Händen das Zittern, das so alt ist wie der Mensch, spürst die Bereitschaft zum Töten, diese verbotene Lust, diese stärkste aller Leidenschaften, diesen Trieb, der weder gut noch schlecht ist, sondern einer der geheimen Triebe eines jeden Lebens: stärker, geschickter zu sein als der andere, die Überlegenheit zu wahren, keinen Fehler zu machen. Das fühlt der sprungbereite Leopard, das fühlt die Schlange, wenn sie sich zwischen den Steinen aufrichtet, und der Falke, der aus großer Höhe herabstößt, und das fühlt der Mensch, der sein Opfer ins Auge faßt. Und auch du hast es gefühlt, vielleicht zum ersten Mal in deinem Leben, als du dein Gewehr angelegt und auf mich gezielt hast, um mich zu töten.«

Er beugt sich über das Tischchen, das zwischen ihnen vor dem Kamin steht. Er schenkt sich süßen Likör in ein kleines Glas ein und probiert das purpurrote, sirupartige Getränk mit der Zungenspitze. Dann stellt er das Glas befriedigt auf den Tisch zurück.

14

»Es war noch dunkel«, sagt er, als der andere nichts erwidert, sich auch nicht wehrt, mit keiner Handbewegung, keinem Blick ein Zeichen gibt, daß er die Beschuldigung gehört hat. »Es war der Augenblick, da sich die Nacht vom Tag, die Unterwelt von der Oberwelt löst. Und vielleicht lösen sich auch noch andere Dinge voneinander. Es ist die letzte Sekunde, da sich die Tiefen und Höhen, das Dunkle und das Helle der Welt und der Menschen noch berühren, da die Schlafenden aus ihren quälenden Träumen aufschrecken, da die Kranken zu stöhnen beginnen, weil sie spüren, daß sich die nächtliche Hölle ihrem Ende nähert und jetzt das übersichtlichere Leiden folgt; das Licht und die Ordnung des Tages breiten alles aus, was im dunklen Durcheinander der Nacht krampfhaftes Begehren, heimliche Sehnsucht, zuckende Regung war. Die Jäger und das Wild lieben diesen Augenblick. Es ist nicht mehr dunkel, es ist noch nicht hell. Der Wald riecht so roh und wild, als käme jedes organische Wesen, Pflanze, Tier und Mensch, im großen Schlafzimmer der Welt allmählich zu sich und atmete seine Geheimnisse und bösen Gedanken aus. Wind kommt in diesem Augenblick auf, vorsichtig wie der Seufzer des Schlafenden, dem die Welt, in die er geboren wurde, wieder einfällt. Der Geruch des feuchten Laubs, des Farns, des zerfallenden Holzes, der verrottenden Tannenzapfen, des weichen, vom Tau glitschigen Teppichs aus abgefallenen Blättern und Nadeln schlägt dir vom Erdboden entgegen, als lägen da zwei Liebende in schweißgebadeter Umarmung. Ein magischer Augenblick ist das, die Ahnen, die Heiden haben ihn in der Waldestiefe gefeiert, ehrfürchtig, mit ausgebreiteten Armen, das Gesicht nach Osten gewandt: der an die Materie gefesselte Mensch in der ewig wiederholten, bezauberten Erwartung des Lichts und also der Einsicht und der Vernunft. Um diese Zeit bricht das Wild zur Quelle auf. Es ist der Augenblick, da die Nacht noch nicht ganz zu Ende ist, im Wald ist noch etwas im Gang, die große Jagd, die Bereitschaft, wie sie das Leben der Nachttiere prägt, hat noch nicht vollständig nachgelassen, noch liegt die Wildkatze auf der Lauer, der Bär reißt einen letzten Fetzen von seiner Beute, der brünstige Hirsch erinnert sich noch an die leidenschaftlichen Augenblicke der mondbeschienenen Nacht, er bleibt inmitten der Lichtung stehen, wo der Liebeskampf stattgefunden hat, stolz und mitgenommen hebt er seinen im Duell verwundeten Kopf und blickt sich mit blutunterlaufenen, ernsten Augen um, als könne er die Leidenschaft nie vergessen. Noch lebt tief im Wald die Nacht weiter: die Nacht und alles, was dieses Wort bedeutet: Beute, Liebe, Umherstreifen, ziellose Lebensfreude und Überlebenskampf. Das ist der Augenblick, da nicht nur im Dickicht der Wälder, sondern auch im Dunkeln der Menschenherzen etwas geschieht. Denn auch das Herz hat seine Nacht und seine Regungen, die so wild sind wie der Jagdinstinkt des Wolfes oder des Hirsches. Traum, Sehnsucht, Eitelkeit, Selbstsucht, Liebestollheit, Neid und Rachsucht lauern in der menschlichen Nacht wie der Puma, der Geier und der Schakal in der Wüstennacht. Es ist der Augenblick, da es im menschlichen Herzen weder Nacht noch Tag ist, da die wilden Tiere aus den geheimen Winkeln der Seele herausgekrochen sind, da sich etwas in unseren Herzen regt und dann auch unsere Hände bewegt, etwas, das wir jahrelang, vielleicht sogar jahrzehntelang meinten gezähmt und dressiert zu haben ... Es war alles vergebens, umsonst haben wir die wahre Bedeutung dieser Regung vor uns selbst geleugnet: Sie war stärker als unsere Absichten, sie ließ sich nicht auflösen, sie blieb fest. Im Grunde einer jeden menschlichen Beziehung gibt es einen greifbaren Stoff, und man kann noch so lange darüber nachdenken, darum herumreden, er ändert sich nicht. In Wirklichkeit verhielt es sich so, daß du mich vierundzwanzig Jahre lang gehaßt hast, mit einer heißen Leidenschaft, die schon fast an die Glut großer Beziehungen erinnert – ja, an die Liebe. Du hast mich gehaßt, und wenn ein Gefühl, eine Leidenschaft die Seele eines Menschen völlig erfüllt, dann glimmt und raucht unter einem solchen Scheiterhaufen neben aller Sympathie auch die Rachsucht ... Denn die Leidenschaft begründet sich nicht aus der Vernunft. Der Leidenschaft ist es völlig gleichgültig, was sie vom anderen bekommt, sie will sich ganz ausdrücken, sich ganz ausleben, auch dann, wenn sie dafür nur sanfte Gefühle, Höflichkeit, Freundschaft oder Geduld erhält. Jede große Leidenschaft ist hoffnungslos, sonst wäre sie keine Leidenschaft, sondern eine klug berechnete Übereinkunft, der Tauschhandel mit lauwarmen Interessen. Du hast mich gehaßt, und das ist eine ebenso starke Bindung, wie wenn du mich geliebt hättest. Warum haßtest du mich? ... Ich hatte genug Zeit, über dieses Gefühl nachzudenken. Du hast von mir nie Geld angenommen, auch keine Geschenke, du hast nicht zugelassen, daß aus dieser Freundschaft eine echte Geschwisterlichkeit entstehe, und wäre ich damals nicht so jung gewesen, hätte ich wissen müssen, daß das ein verdächtiges, gefährliches Zeichen ist. Wer keinen Teil annimmt, will wahrscheinlich alles, das Ganze. Du hast mich schon als Kind gehaßt, vom ersten Augenblick an, da wir uns kennenlernten, in jenem seltsamen Haus, wo die besten Exemplare unserer Welt dressiert und veredelt wurden, du hast mich gehaßt, weil in mir etwas war, das dir fehlte. Was? Welche Fähigkeit oder Eigenschaft? ... Du warst immer der Gebildetere, du warst das Meisterwerk wider Willen, der Fleißige und Brave, du warst der Begabte, denn du hattest ein Instrument, im wahren Sinn des Wortes, du hattest ein Geheimnis – die Musik. Du warst der Verwandte Chopins, du zogst dich stolz zurück. Im Grunde deiner Seele aber steckte ein Krampf – die Sehnsucht, anders zu sein, als du bist. Das ist der größte Schicksalsschlag, der einen Menschen treffen kann. Die Sehnsucht, anders zu sein, als man ist: eine schmerzlichere Sehnsucht könnte im Herzen nicht brennen. Denn das Leben läßt sich nur ertragen, wenn man sich mit dem abfindet, was man für sich selbst und für die Welt bedeutet. Man muß sich damit abfinden, daß man ist, wie man ist, und wissen, daß man für dieses weise Verhalten vom Leben kein Lob bekommt, daß einem keine Orden an die Brust gesteckt werden, wenn man weiß und erträgt, daß man eitel ist oder egoistisch oder glatzköpfig und schmerbäuchig – nein, das muß man wissen, daß man kein Lob, keine Belohnung erhält. Man muß es ertragen, das ist das ganze Geheimnis. Man muß seinen Charakter, sein Naturell ertragen, da weder Erfahrung noch Einsicht an den Mängeln, am Eigennutz und an der Habgier etwas ändern. Wir müssen ertragen, daß unsere Sehnsüchte in der Welt kein vollkommenes Echo haben. Wir müssen ertragen, daß die, die wir lieben, uns nicht lieben, oder nicht so, wie wir es hofften.

Man muß Verrat und Treulosigkeit ertragen, und man muß, schwerste aller Aufgaben, es auch ertragen, wenn einem jemand charakterlich oder intelligenzmäßig überlegen ist. So viel habe ich in fünfundsiebzig Jahren gelernt, hier, mitten im Wald. Du aber hast das alles nicht ertragen können«, sagt er leise und in abschließendem Ton. Dann verstummt er, und sein Blick verliert sich im Halbdunkel.

»In der Kindheit war dir das alles natürlich nicht bewußt«, sagt er dann, als versuche er, den anderen zu entschuldigen. »Das war eine schöne, eine zauberhafte Zeit. Im Alter vergrößert die Erinnerung jede Einzelheit und präsentiert sie deutlich umrissen. Wir waren Kinder, und wir waren Freunde: Das ist ein großes Geschenk, danken wir dem Schicksal dafür. Dann aber hat sich dein Charakter herausgebildet, und du hast es nicht ertragen, daß dir etwas fehlte, das ich dank Abstammung, dank Erziehung besaß, oder vielleicht war es auch etwas Gottgegebenes ... Was war es? War es eine Begabung? Es bestand einfach nur darin, daß die Welt gleichgültig, zuweilen auch feindselig auf dich blickte, während mir die Menschen ihr Lächeln und ihr Vertrauen schenkten. Du hast dieses Vertrauen und diese Freundschaft, die mir von der Welt entgegenstrahlte, verachtet, aber gleichzeitig warst du auch tödlich neidisch darauf. Du hast dir wohl vorgestellt – natürlich nicht in Worten, sondern mit einem undeutlichen Gefühl –, daß jemand, der von der Welt begünstigt und geschätzt wird, etwas Hurenhaftes an sich hat. Es gibt Menschen, die von allen geliebt werden, für die jedermann ein verzeihendes, kosendes Lächeln übrig hat, und an solchen Menschen ist in der Tat etwas allzu Gefälliges, Hurenhaftes. Du siehst, ich fürchte die Wörter nicht mehr«, sagt er und lächelt, wie um den anderen zu gleicher Furchtlosigkeit zu ermuntern. »In der Einsamkeit lernt man alles kennen, und man fürchtet sich vor gar nichts mehr. Die Menschen, an deren Stirn das himmlische Zeichen der Göttergünstlinge strahlt, fühlen sich tatsächlich als Erwählte, und in der Art, wie sie vor die Welt treten, ist eine eitle Sicherheit. Wenn du mich aber so gesehen hast, dann hast du dich getäuscht. Dann hätte mich dein Neid so entstellt. Ich will mich nicht verteidigen, denn ich suche die Wahrheit, und wer das tut, muß die Suche bei sich selbst beginnen. Was du in mir und um mich herum als göttliche Gunst und Gabe empfunden hast, war ganz einfach nur Gutgläubigkeit. Ich war gutgläubig, bis hin zu dem Tag, da ... ja, eben, bis zu dem Tag, da ich in deinem Zimmer stand, aus dem du geflohen warst. Vielleicht hat genau diese Gutgläubigkeit die Menschen bewogen, mir Wohlwollen, Vertrauen und ein Lächeln entgegenzubringen. Ja, in mir war etwas – ich spreche in der Vergangenheit, und das, wovon ich spreche, ist so weit weg, als spräche ich von einem Fremden oder einem Toten –, in mir war eine Art Leichtigkeit und Unvoreingenommenheit, und das wirkte auf die Menschen entwaffnend. Es gab in meinem Leben eine Zeit, das Jahrzehnt der Jugend, da die Welt meine Gegenwart und meine Bedürfnisse geduldig ertrug. Die Zeit der Gnade. Da eilen dir alle entgegen, als wärst du der Eroberer, den man mit Wein und Blumenkränzen und Mädchen feiern muß. Und tatsächlich verließ mich in dem Jahrzehnt in Wien, in der Kadettenanstalt und beim Regiment, nie das sichere Gefühl, daß mir die Götter einen geheimen, unsichtbaren Glücksring an den Finger gesteckt hatten, daß mir nichts Schwerwiegendes zustoßen konnte, daß ich von Liebe und Vertrauen umgeben war. Mehr kann ein Mensch vom Leben nicht erwarten«, sagt er ernst. »Das ist die größte Gnade. Wem sie zu Kopf steigt, wer überheblich oder großspurig wird, wer sich nicht mit Demut darein schickt, daß ihn das Schicksal verwöhnt, wer nicht weiß, daß dieser begnadete Zustand nur so lange währt, wie wir es nicht in Kleingeld umtauschen, der geht unter. Die Welt verzeiht nur denen eine Zeitlang, die im Herzen bescheiden und demütig bleiben... Du hast mich also gehaßt«, sagt er bestimmt. »Als die Jugend allmählich verging, als der Zauber der Kindheit endete, begann sich unsere Beziehung abzukühlen. Es gibt keinen traurigeren, hoffnungsloseren Gefühlsvorgang als die Abkühlung einer Männerfreundschaft. Denn zwischen einer Frau und einem Mann hat alles seine Bedingung, wie bei einem Handel auf dem Markt.

Zwischen Männern hingegen liegt die tiefe Bedeutung der Freundschaft gerade in der Selbstlosigkeit, darin, daß wir vom anderen keine Opfer, keine Zärtlichkeit erwarten, wir wollen nichts anderes, als die Vereinbarung eines wortlosen Bundes wahren. Vielleicht war doch ich der Schuldige, weil ich dich zuwenig kannte. Ich fand mich damit ab, daß du dich nicht ganz zeigtest, ich achtete deine Intelligenz und den merkwürdigen, bitteren Hochmut, der aus dir sprach, ich wollte glauben, daß auch du mir verzeihen würdest, so wie die Welt, da in mir eine Fähigkeit war, mich den Menschen leicht und heiter zu nähern, beliebt zu sein, wo du nur geduldet wurdest – ich hoffte auf deine Nachsicht dafür, daß ich mit der Welt auf Du und Du war. Ich dachte, du könntest dich darüber freuen. Unsere Freundschaft glich den Männerfreundschaften in alten Sagen. Und während ich auf der Sonnenseite des Lebens ging, bliebst du absichtlich im Schatten. Siehst du das auch so? ...«

»Du hast von der Jagd gesprochen«, sagt der Gast ausweichend.

»Von der Jagd, ja«, sagt der General. »Aber das alles gehört dazu. Wenn ein Mensch einen anderen Menschen töten will, geschieht natürlich schon sehr vieles vorher, er lädt nicht einfach nur sein Gewehr und legt an. Es geschieht zum Beispiel das, wovon ich gesprochen habe, nämlich daß du mir nicht verzeihen konntest, es geschah, daß die Beziehung, die in den tiefen

Schichten der Kindheit entstanden und so verflochten und zäh war, als lebten die beiden Kinder auf den riesigen Blättern der Feenrose, in den traumhaften Blätterwiegen der *Victoria regia* – erinnerst du dich, wie ich hier im Gewächshaus lange Zeit diese geheimnisvolle, selten blühende Pflanze ziehen ließ? –, es geschah, daß diese Beziehung eines Tages zerbrach. Die zauberhafte Zeit der Kindheit war vorbei, es blieben zwei Menschen zurück, verwickelt in eine heikle und geheimnisvolle Beziehung, die mit einem alltäglichen Wort Freundschaft hieß. Auch das müssen wir wissen, bevor wir von der Jagd sprechen. Denn man ist nicht unbedingt in dem Augenblick am schuldigsten, in dem man das Gewehr anlegt, um jemanden umzubringen. Die Schuld besteht schon vorher, die Absicht ist die Schuld. Und wenn ich sage, daß diese Beziehung eines Tages zerbrach, dann muß ich wissen, ob das wirklich stimmt, und wenn ja, dann will ich wissen, wer oder was sie zerbrochen hat. Denn wir waren wohl verschieden, aber wir gehörten doch zusammen, ich war anders als du, aber wir ergänzten uns, wir waren Verbündete, waren eine Einheit, und das ist im Leben sehr selten. Und alles, was dir im wesentlichen fehlte, wurde in unserem Bund dadurch ausgeglichen, daß die Welt zu mir freundlich war. Wir waren Freunde«, sagt er jetzt sehr laut. »Begreife das, falls du es nicht wissen solltest. Aber du hast es bestimmt gewußt, schon früh und auch später, in den Tropen oder wo auch immer.

Wir waren Freunde, und dieses Wort ist mit einer Bedeutung erfüllt, für die nur Männer die Verantwortung übernehmen können. Du sollst jetzt diese Bedeutung in vollem Umfang kennenlernen. Wir waren Freunde, also nicht Kameraden, Kumpel, Leidensgenossen. Wir waren Freunde, und nichts im Leben kann das ersetzen. Keine sich verzehrende Leidenschaft vermag die Freuden zu bieten, wie sie eine wortlose, taktvolle Freundschaft denen gibt, die sie mit ihrer Kraft berührt. Denn wären wir keine Freunde gewesen, hättest du dort am Morgen im Wald, auf der Jagd, nicht das Gewehr gegen mich erhoben. Und wären wir keine Freunde gewesen, wäre ich nicht anderntags in deine Wohnung gegangen, in die du mich nie eingeladen hattest, wo du das Geheimnis wahrtest, das böse, unverständliche Geheimnis, das unsere Freundschaft vergiftete. Und wärst du nicht mein Freund gewesen, wärst du nicht anderntags aus dieser Stadt, aus meiner Nähe, vom Tatort geflohen, so wie die Mörder und Missetäter, sondern du wärst geblieben, hättest mich betrogen und verraten, und das hätte mich vielleicht geschmerzt, hätte meine Eitelkeit und mein Selbstbewußtsein verletzt, aber das alles wäre nicht so furchtbar gewesen wie das, was du getan hast. Denn du warst mein Freund. Und wären wir keine Freunde gewesen, wärst du nicht nach einundvierzig Jahren zurückgekommen, wiederum wie ein Mörder oder Missetäter, der an den Tatort zurückschleicht. Denn du hast zurückkommen müssen, du siehst es ja. Und jetzt muß ich dir sagen, was mir nur sehr langsam ins Bewußtsein gedrungen ist, was ich vor mir selber leugnete, ich muß dir diese beängstigende, überraschende Entdeckung mitteilen: Wir sind noch immer, noch jetzt Freunde. Offensichtlich vermag keine äußere Kraft etwas an den menschlichen Beziehungen zu ändern. Du hast in mir etwas getötet, du hast mein Leben ruiniert, aber wir sind immer noch Freunde. Und ich werde heute abend etwas in dir töten, und dann lasse ich dich nach London zurückkehren, oder in die Tropen, oder in die Hölle, und dennoch bleibst du mein Freund. Auch das müssen wir wissen, bevor wir von der Jagd sprechen, und von alledem, was später folgte. Denn die Freundschaft ist keine ideale Stimmung. Die Freundschaft ist ein strenges Menschengesetz. In der alten Welt war es das stärkste Gesetz, auf das die Rechtsordnungen großer Kulturen gebaut waren. Jenseits persönlicher Regungen, jenseits der Selbstsucht lebte in den Herzen der Menschen das Gesetz der Freundschaft. Sie ist stärker als die Leidenschaft, die Männer und Frauen in hoffnungsloser Sehnsucht einander in die Arme treibt, und sie ist gegen Enttäuschung gefeit, denn sie will ja vom anderen nichts. Den Freund kann man töten, doch die Freundschaft, die in der Kindheit zwischen zwei Menschen entstanden ist, vermag vielleicht nicht einmal der Tod aufzuheben: Die Erinnerung an sie lebt im Bewußtsein der Menschen fort, so wie die Erinnerung an eine stumme Heldentat. Und das ist sie auch, eine Heldentat, im schweigenden, schicksalhaften Sinn des Wortes, also ohne Schwerterklang und Säbelgerassel, eine Heldentat, wie es jede selbstlose menschliche Tat ist. Und in dem Augenblick, da du das Gewehr angelegt hast, um mich zu töten, war unsere Freundschaft lebendiger als je zuvor, lebendiger als in den vierundzwanzig Jahren der Kindheit und Jugend. Man erinnert sich an solche Augenblicke, weil sie zum Sinn und Inhalt des späteren Lebens werden. Auch ich erinnere mich. Wir standen im Unterholz zwischen den Tannen. Dort öffnet sich die Lichtung, die vom Waldweg abzweigt und ins dichte Gehölz übergeht, wo der Wald nur noch für sich lebt, unberührt, dunkel. Ich ging vor dir und blieb stehen, denn weit vorn, auf dreihundert Schritt Entfernung, war ein Hirsch zwischen den Tannen hervorgetreten. Es wurde ganz allmählich hell, so sachte, als betastete die Sonne mit ihren Lichtfühlern ihre Beute, die Welt. Das Wild blieb am Rand der Lichtung stehen und schaute ins Unterholz, weil es die Gefahr spürte. Der Instinkt, dieser sechste Sinn, der feiner und genauer ist als der Geruchs- oder der Gesichtssinn, erwachte in den Nerven des Tiers. Es konnte uns nicht sehen, und der Wind der Morgenfrühe wehte von ihm weg und konnte es nicht warnen; wir standen schon eine geraume Weile still, schon ganz erschöpft von der krampfhaften Haltung, ich vorn, zwischen den Bäumen am Rand der Lichtung, du hinter mir. Der Jäger und der Hund waren zurückgeblieben. Wir waren allein, mitten im Wald, in der Einsamkeit, die aus der Einsamkeit der Nacht, der Morgenfrühe, des Waldes und der Tiere besteht und in der man für einen Augenblick immer das Gefühl hat, man habe sich im Leben und in der Welt verirrt, und eines Tages müsse man in dieses wilde, gefährliche Zuhause zurückkehren, das doch das einzige und wahre ist – in den Urbereich des Waldes, der Wassertiefe, des Lebens. Ich habe es immer so empfunden, als ich noch im tiefen Wald auf die Jagd ging. Ich sah das Wild und blieb stehen, und auch du sahst es und bliebst zehn Schritte hinter mir stehen. Das sind die Augenblicke, in denen sowohl das Wild als auch der Jäger die Wirklichkeit mit feineren Sinnen erspürt, in denen man von der Situation und der Gefahr alles weiß, auch wenn es dunkel ist, auch wenn man sich nicht umblickt. Was für Wellen, Kräfte, Strahlungen vermitteln bei solcher Gelegenheit das Entscheidende? Ich weiß es nicht … Die Luft war klar. Die Tannen blieben im leichten Wind unbewegt. Das Wild lauschte. Es rührte sich nicht, stand gebannt, denn in der Gefahr liegt immer auch ein Bann, ein Zauber. Wenn sich das Schicksal unmittelbar an uns wendet, uns gleichsam beim Namen ruft, schimmert am Grund der Beklemmung und der Angst immer auch eine Art von Anziehung, denn man will nicht nur leben, koste es, was es wolle, nein, man will sein

Schicksal kennen und ganz auf sich nehmen, um jeden Preis, auch um den Preis der Gefahr und des Sterbens. So empfand es der Hirsch in jenem Augenblick, das weiß ich ganz sicher. Und so empfand auch ich es in jenem Augenblick, und auch das weiß ich ganz sicher. Und so empfandest es auch du, ein paar Schritte hinter mir, als du – gleicherweise gebannt wie das Wild und ich vor dir, beide in Schußweite – das Gewehr entsichertest, mit jenem leisen, kalten Klicken, wie es nur sehr edles Metall von sich geben kann, wenn es für eine endgültig entscheidende Aufgabe gebraucht wird, zum Beispiel, wenn ein Dolch einen anderen kreuzt, oder wenn man das edle englische Gewehr entsichert, um jemanden zu töten. An diesen Augenblick wirst du dich doch wohl erinnern? ...«

»Ja«, sagt der Gast.

»Ein klassischer Augenblick«, sagt der General fast schon mit der Zufriedenheit des Kenners. »Dieses leise Klicken habe selbstverständlich nur ich gehört: Es war so leise, daß es von dem dreihundert Schritt entfernten Wild trotz der Morgenstille nicht gehört werden konnte. Und da geschah etwas, das ich vor einem Gericht nie beweisen könnte, dir aber kann ich es sagen, weil du die Wahrheit sowieso weißt. Was geschah? ... Eigentlich nur, daß ich deine Bewegungen spürte, sie in jener Sekunde deutlicher spürte, als wenn ich sie gesehen hätte. Du standest in geringer Entfernung schräg hinter mir. Ich spürte, wie du dein Gewehr hebst, an die Schulter legst und zielst. Ich spürte, wie du ein Auge zudrückst und wie der Gewehrlauf jetzt langsam abdreht. Mein Kopf und der Kopf des Hirsches waren genau auf der gleichen Linie und auf der gleichen Höhe vor dir, es mögen zehn Zentimeter zwischen den beiden Zielpunkten gewesen sein. Ich spürte, daß deine Hand zitterte. Und ich wußte genau, so genau, wie nur der Jäger eine Situation im Wald beurteilen kann, daß du aus diesem Stand nicht auf den Hirsch zielen konntest: Versteh mich richtig, in dem Augenblick interessierte mich der jagdliche Aspekt der Situation viel stärker als der menschliche. Davon verstand ich nun doch etwas, von der Jagd, davon, in welchem Winkel man sich zu einem Hirsch stellen muß, der dreihundert Schritt entfernt arglos auf den Schuß wartet. Die Situation verriet mir alles, die geometrische Verteilung des Jägers und der Zielpunkte unterrichtete mich darüber, was einige Schritte hinter mir im Herzen eines Menschen vorging. Du zieltest eine halbe Minute lang, auch das weiß ich, ohne Uhr, und doch auf die Sekunde genau. In solchen Augenblicken weiß man alles. Ich wußte, daß du kein guter Schütze warst, daß ich bloß den Kopf ein wenig wenden mußte, damit die Kugel an meinem Ohr vorbeipfiff und vielleicht den Hirsch traf. Ich wußte, eine Bewegung würde genügen, und die Kugel bliebe im Lauf. Ich wußte aber auch, daß ich mich nicht rühren konnte, weil mein Schicksal in dem Augenblick nicht von meiner Entscheidung abhing: Etwas war reif geworden, etwas mußte eintreten, nach eigener Ordnung. Und so stand ich und wartete auf den Schuß, wartete, daß du abdrückst und ich von einer Kugel aus dem Gewehr meines Freundes getötet würde. Die Situation war perfekt, es gab keine Zeugen, der Jäger und die Hunde waren weit weg, eine genaue, eine bekannte Situation, das »tragische Versehen«, von dem jedes Jahr in den Zeitungen berichtet wird. Dann war die halbe Minute vorbei, und der Schuß kam noch immer nicht. In dem Augenblick erkannte der Hirsch die Gefahr, und mit einem Sprung, der einer Explosion glich, verschwand er im Unterholz. Wir rührten uns noch nicht. Jetzt hast du das Gewehr sinken lassen, ganz langsam. Auch diese Bewegung konnte ich weder sehen noch hören. Und sah und hörte sie doch, als stünde ich dir zugewandt. Du hast das Gewehr so vorsichtig sinken lassen, als könnte dich sogar die Luftreibung verraten, nachdem der günstige Augenblick vorbei, der Hirsch im Unterholz verschwunden war – siehst du, das Interessante ist, daß du mich immer noch hättest töten können, da waren ja keine Augenzeugen, und es gab keinen Menschen, keinen Richter, der dich verurteilt hätte, die Welt hätte dich mit Anteilnahme umfangen, wenn du es getan hättest, denn wir waren ja die legendären Freunde, Castor und Pollux, seit vierundzwanzig Jahren Kameraden durch dick und dünn, wir waren das fleischgewordene Freundschaftsideal, wenn du mich umgebracht hättest, wären dir alle Hände anteilnehmend entgegengestreckt worden, alle hätten mit dir getrauert, denn es gibt in den Augen der Welt keine tragischere Figur als den Menschen, der aufgrund eines Schicksalsspruchs der Götter aus Versehen seinen Freund umbringt ... Wo ist der Mensch, wo die Staatsanwaltschaft, wo der Vermessene, der eine Anklage zu erheben, das Unglaubliche vor der Welt auszubreiten wagte, nämlich daß du mich absichtlich getötet hättest? ... Es gibt keinen Beweis dafür, daß du in deinem Herzen eine tödliche Animosität gegen mich hegtest. Am Vorabend hatten wir gemeinsam gegessen, im Freundeskreis, zusammen mit meiner Frau, meinen Verwandten und Jagdkameraden, im Schloß, wo du seit Jahrzehnten täglich Gast warst, man hatte uns zusammen gesehen, so wie wir immer waren, in allen Situationen des Lebens, im Dienst, in der Gesellschaft, freundschaftlich und herzlich wie immer. Geld schuldetest du mir nicht, du warst in meinem Haus wie ein Mitglied der Familie, wer sollte daran denken, daß du mich umbringen wolltest? ... Niemand. Warum hättest du mich denn umbringen sollen? Was für eine unmenschliche und unmögliche Annahme, daß du, der Freund aller Freunde, den Freund aller Freunde tötest, mich, von dem du im Leben alles bekommen konntest, was du brauchtest, menschliche und materielle Unterstützung, während du mein Haus als dein eigenes, mein Vermögen als ein gemeinsames, meine Familie als deine Adoptivfamilie betrachten durftest? Nein, die Anklage wäre auf den zurückgefallen, der sie erhoben hätte, und niemand hätte sie aussprechen dürfen, ohne daß die Welt eine solche Frechheit bestraft hätte; dir wäre man voller Anteilnahme entgegengeeilt, denn dir wäre das Entsetzliche und Unmenschliche zugestoßen, dich hätte der furchtbare Schicksalsschlag getroffen, da ein tragischer Zufall sich deiner Hand bedient hatte, um deinen besten Freund zu töten ... So standen die Dinge. Und du hast doch nicht abgedrückt. Warum nicht? ... Was geschah in dem Augenblick? Vielleicht nur so viel, daß der Hirsch die Gefahr spürte und floh, während die menschliche Natur so beschaffen ist, daß sie im Augenblick einer außergewöhnlichen Handlung immer einen objektiven Vorwand braucht. Es war richtig, was du dir ausgedacht hattest, es war genau und perfekt, aber vielleicht brauchte es doch den Hirsch dazu; die Szene zerfiel, und du hast das Gewehr sinken lassen. Es ging um Sekundenbruchteile, wer vermag die Dinge da noch aufzuteilen, auseinanderzuhalten und zu beurteilen? ... Das ist auch gar nicht wichtig. Die Tatsache ist das Entscheidende, auch wenn sie keinen Prozeß entscheiden würde. Die Tatsache, daß du mich töten wolltest, und als dann ein unerwartetes Phänomen den Augenblick störte, begann deine Hand zu zittern, und du hast mich nicht umgebracht. Der Hirsch war schon zwischen den Bäumen verschwunden, wir rührten uns nicht. Ich wandte mich nicht um. Eine Weile standen wir noch so. Hätte ich dir in dem Augenblick ins Gesicht gesehen, hätte ich vielleicht alles erfahren. Aber ich wagte es nicht, dir ins Gesicht zu sehen. Es gibt ein Schamgefühl, das peinlicher ist als alles andere im Leben, das Schamgefühl des Opfers, wenn es gezwungen ist, seinem Mörder in die Augen zu blicken. Es ist der Moment, da sich die Kreatur vor dem Schöpfer schämt. Deshalb sah ich dir nicht ins Gesicht, und als der uns beide lähmende Bann nachließ, begann ich über die Lichtung zu gehen, auf die Hügelkuppe zu. Auch du setztest dich mechanisch in Bewegung. Unterwegs sagte ich, ohne mich zu dir umzuwenden: »Du hast es versäumt.« Du sagtest nichts. Dieses Schweigen war ein Geständnis. Denn jeder würde in einer solchen Situation beschämt oder begeistert zu reden anfangen, sich scherzhaft oder beleidigt herauszureden beginnen; jeder Jäger sucht in einem solchen Moment zu beweisen, daß er recht hatte, daß das Wild es nicht wert war, daß die Distanz zu groß, die Treffsicherheit zu gering war ... Du aber schwiegst. Als sagtest du damit: »Ja, ich habe es versäumt, dich zu töten.« Stumm erreichten wir die Hügelkuppe. Dort stand schon der Jäger mit den Hunden, unten im Tal fielen Schüsse, die Jagd hatte begonnen. Unsere Wege trennten sich. Beim Mittagessen – es war ein Jägeressen, im Wald – meldete dein Treiber, du seist in die Stadt zurückgefahren.«

Der Gast zündet sich eine Zigarre an; seine Hände zittern nicht, er schneidet die Zigarrenspitze mit ruhigen Bewegungen ab. Der General beugt sich zu Konrád und gibt ihm mit einer Kerzenflamme Feuer.

»Danke«, sagt der Gast.

»Zum Abendessen bist du aber gekommen«, sagt der General. »Wie immer, wie jeden Abend. Du kamst zur gewohnten Stunde, in der Kalesche, um halb acht. Wie an so vielen Abenden aßen wir zu dritt, zusammen mit Krisztina. Es war im großen Saal gedeckt, so wie vorhin, mit demselben Tischschmuck, und Krisztina saß zwischen uns. Auf dem Tisch brannten blaue Kerzen. Sie mochte Kerzenlicht, sie mochte alles, was an Tradition, an edlere Lebensformen, an vergangene Zeiten erinnerte. Ich war nach der Jagd gleich in mein Zimmer gegangen, um mich umzuziehen, und hatte Krisztina am Nachmittag nicht gesehen. Der Diener hatte gemeldet, daß sie nach dem Mittagessen ausgefahren war, in die Stadt. Als ich den Saal betrat, saß Krisztina vor dem Kamin, mit einem leichten indischen Schal um die Schultern, denn das Wetter war neblig und feucht. Im Kamin brannte ein Feuer. Sie las und hörte mich nicht. Vielleicht schluckten die Teppiche das Geräusch meiner Schritte, vielleicht war sie zu sehr in die Lektüre vertieft – sie las ein englisches Buch, eine Reisebeschreibung über die Tropen –, jedenfalls bemerkte sie mein Kommen erst in dem Moment, als ich schon vor ihr stand. Da blickte sie auf – erinnerst du dich an ihre

Augen? sie hatte eine Art aufzublicken, daß es gleichsam Tag wurde, hellichter Tag –, und vielleicht lag es am Kerzenlicht, daß ich über ihre Blässe erschrak. »Ist Ihnen nicht gut?« fragte ich. Sie sagte nichts. Sie schaute mich lange aus weit aufgerissenen Augen an, und diese Sekunden waren fast so lang und fast so sprechend wie jene anderen am Morgen im Wald, als ich reglos stand und darauf wartete, daß etwas geschah: daß du etwas sagst oder abdrückst. Sie blickte mir so aufmerksam und forschend ins Gesicht, als hinge ihr Leben davon ab, daß sie herausfand, was ich dachte, ob ich etwas dachte, ob ich etwas wußte ... Das war ihr in dem Augenblick vielleicht wichtiger als das Leben. Das ist immer das wichtigste, wichtiger als die Beute, wichtiger als das Ergebnis: zu wissen, was das Opfer von einem denkt, das Wesen, das wir als Opfer ausersehen haben ... Sie blickte mir in die Augen, als wolle sie mich verhören. Ich glaube, ich hielt dem Blick stand. In diesen Sekunden, und auch später, war ich ruhig, mein Gesicht verriet ihr nichts. Und tatsächlich hatte ich an dem Morgen und an dem Nachmittag, auf dieser seltsamen Jagd, da ich auch der Gejagte war, mich durchgerungen, von dem morgendlichen Geschehen auf ewig zu schweigen, was immer das Leben bringen mochte, weder Krisztina noch der Amme, den beiden Menschen, die meine Vertrauten waren, je etwas von dem zu sagen, was ich in der Morgenfrühe im Wald hatte erfahren müssen. Ich hatte mir vorgenommen, dich unauffällig von einem Arzt beobachten zu lassen, da in deiner Seele der Dämon des Wahnsinns herrschte: So dachte ich mir das. Ich fand für dieses Geschehen keine andere Erklärung. Der Mensch, der zu mir gehört, ist wahnsinnig geworden: Das wiederholte ich unablässig, hartnäckig, ja fast verzweifelt, den ganzen Vormittag und den ganzen Nachmittag lang, und mit solchen Augen empfing ich dich, als du bei uns eintratest. Ich wollte die Menschenwürde bewahren, die Menschenwürde im allgemeinen und im besonderen, denn wenn du Herr deiner Sinne warst und einen Grund hattest – gleich welchen –, eine Waffe gegen mich zu erheben, dann hatten wir alle, die in diesem Haus lebten, unsere Menschenwürde verloren, Krisztina auch, ich auch. So erklärte ich mir auch Krisztinas erschrockenen, erstaunten Blick, als ich nach der Jagd vor ihr stand. Als ahnte sie das Geheimnis, das uns seit dem Morgen verband. Frauen spüren so etwas, dachte ich. Dann kamst du, im Abendanzug, und wir gingen zu Tisch. Wir plauderten wie an den anderen Abenden. Wir sprachen auch von der Jagd, von der Meldung der Treiber, von dem Fehler, den einer der Gäste gemacht hatte, der im wahren Sinn des Wortes einen Bock geschossen hatte, den er nicht hätte schießen dürfen … Von den fraglichen Sekunden aber sagst du den ganzen Abend kein Wort. Du erwähnst dein eigenes Jagdabenteuer nicht, den verpaßten kapitalen Hirsch. Von so etwas muß man reden, auch wenn man kein eingefleischter Jäger ist. Du sagst nichts davon, daß du das Wild verpaßt und die Jagd vorzeitig verlassen hast und dann, ohne jede Erklärung, in die Stadt zurückgekehrt bist, um erst am Abend wieder aufzutauchen. Obwohl das alles ungewöhnlich ist, gegen die Spielregeln der Gesellschaft. Mit einem einzigen Wort könntest du doch den Vormittag erwähnen ... Aber du sagst nichts, als wären wir gar nicht zusammen auf der Jagd gewesen. Du sprichst von anderem. Du fragst Krisztina, was sie vorhin gelesen hat, als du zu uns in den Salon kamst. Es war ein Buch über die Tropen. Ihr sprecht lange über diese Lektüre; du fragst Krisztina nach dem Titel des Buchs, willst wissen, wie der Text auf sie gewirkt habe, läßt dir erzählen, wie das Leben in den Tropen ist, benimmst dich so, als interessiere dich dieses unbekannte Thema brennend – und ich erfahre erst später, vom städtischen Buchhändler, daß dieses Buch und noch andere zu diesem Thema von dir bestellt worden waren und daß du sie vor ein paar Tagen Krisztina ausgeliehen hast. Das alles weiß ich an dem Abend noch nicht. Ihr schließt mich von dem Gespräch aus, denn ich habe keine Ahnung von den Tropen. Später, als ich gemerkt habe, daß ihr mich an dem Abend hintergangen habt, denke ich an diese Szene zurück, höre die verklungenen Worte, und ich muß in ehrlicher Bewunderung zugeben, daß ihr perfekt spieltet. Ich, der Uneingeweihte, kann in euren Worten nichts Verdächtiges finden: Ihr sprecht von den Tropen, von einem Buch, von einer gewöhnlichen Lektüre. Du willst Krisztinas Meinung wissen, ganz besonders interessiert dich, ob ein Mensch, der in einer anderen Weltgegend geboren wurde und aufgewachsen ist, die Lebensbedingungen in den Tropen ertragen würde… Was meint Krisztina?… (Mich fragst du nicht.) Und ob sie, Krisztina persönlich, den Regen, den warmen Dunst, die erstickenden, heißen Nebel, die Einsamkeit mitten im Sumpf und im Urwald ertragen würde?… Du siehst, die Worte kehren wieder. Als du das letzte Mal hier gesessen hast, in diesem Lehnstuhl, vor einundvierzig Jahren, da hast du von den Tropen, vom Sumpf, vom warmen Nebel und vom Regen gesprochen. Und vorhin, als du in dieses Haus zurückgekommen bist, da waren sie wieder, die Worte vom Sumpf, von den Tropen, vom Regen, vom heißen Nebel. Ja, die Worte kehren wieder. Alles kehrt wieder, die Dinge und die Worte gehen im Kreis herum, manchmal umkreisen sie die ganze Welt und treffen dann wieder an ihrem Ausgangspunkt ein und schließen etwas ab«, sagt er gelassen. »Das war es also, worüber du mit Krisztina zum letzten Mal gesprochen hast. Gegen Mitternacht verlangst du den Wagen und fährst in die Stadt zurück. Das waren die Ereignisse am Tag der Jagd«, sagt er, und in seiner Stimme klingt die Befriedigung des alten Menschen mit, dem ein genauer Vortrag, eine systematische, überschaubare Zusammenfassung gelungen ist.

15

»Als du gegangen bist, zieht sich auch Krisztina zurück«, fährt er dann fort. »Ich bleibe allein in diesem Zimmer. Sie hat das Buch, das in englischer Sprache geschriebene Buch über die Tropen, im Sessel liegenlassen. Ich habe keine Lust, schlafen zu gehen, und so greife ich nach dem Buch und blättere darin. Betrachte die Bilder, versuche mich in den Wirtschafts- und Gesundheitsstatistiken zurechtzufinden. Es überrascht mich, daß Krisztina solche Bücher liest. Das alles wird sie doch kaum etwas angehen, denke ich, die mathematische Kurve der Kautschukproduktion der Halbinsel kann sie doch nicht wirklich interessieren, sowenig wie der Gesundheitszustand der Eingeborenen. Das ist doch nicht Krisztina, denke ich. Aber das Buch spricht doch, und das nicht nur auf englisch und nicht nur von den Lebensbedingungen auf der Halbinsel. Wie ich mit dem Buch in der Hand dasitze, nach Mitternacht, allein im Zimmer, nachdem die beiden Menschen, die mir nach meinem Vater das meiste bedeuteten, fortgegangen sind, begreife ich mit einemmal, daß auch das Buch ein Signal ist. Und ich ahne auch etwas anderes: An dem Tag haben die Dinge endlich zu mir zu sprechen begonnen, es war etwas geschehen, das Leben wurde beredt. In solchen Augenblicken muß man sehr achtgeben, denke ich für mich. Denn an solchen Tagen redet die seltsame Zeichensprache des Lebens in allem zu uns, alles macht uns aufmerksam, alles ist Hinweis und Symbol, man muß es nur verstehen. Eines Tages sind die Dinge herangereift und kommen zu Wort. So denke ich es mir. Und ich verstehe plötzlich, daß auch dieses Buch Zeichen und Antwort ist. Es sagt: Krisztina möchte weg von hier. Sie denkt an fremde Welten, also will sie etwas anderes als diese Welt. Vielleicht will sie von hier fliehen, vor etwas oder vor jemandem – und dieser jemand kann ich, kannst aber auch du sein. Es ist sonnenklar, denke ich, Krisztina spürt und weiß etwas, und sie will weg von hier, und deswegen liest sie ein Fachbuch über die Tropen. Ich spüre vieles, und mir scheint, ich verstehe es auch. Ich spüre und verstehe, was an dem Tag geschehen ist: Mein Leben hat sich zweigeteilt, wie eine Landschaft, die ein Erdbeben entzweireißt – auf der einen Seite die Kindheit, du und alles, was die Vergangenheit bedeutet hat, auf der anderen Seite ein dämmriger, unübersehbarer Raum, den ich durchwandern muß: der verbleibende Abschnitt des Lebens. Und die beiden Lebensabschnitte berühren sich nicht mehr. Was ist passiert? Ich vermag es nicht zu sagen. Den ganzen Tag hatte ich mich bemüht, ruhig und diszipliniert zu erscheinen, und das war auch gelungen; Krisztina konnte noch nichts wissen, als sie mich blaß und mit jenem merkwürdig fragenden Blick ansah. Sie konnte nicht wissen, nicht von meinem Gesicht ablesen, was auf der Jagd geschehen war... Und wirklich, was war geschehen? Bilde ich mir das alles nicht einfach ein? Ist das Ganze nicht ein Hirngespinst? Wenn ich es jemandem erzähle, lacht der mich wahrscheinlich aus. Ich habe nichts, keinen Beweis in der Hand... Bloß daß eine Stimme, die stärker als alle Beweise ist, ganz unmißverständlich, ganz unanfechtbar, ganz unbezweifelbar in mir ruft, daß ich mich nicht täusche, daß ich die Wahrheit weiß. Und die Wahrheit besteht darin, daß mich mein Freund in der Morgenfrühe töten wollte. Was für eine lächerliche, aus der Luft gegriffene Anklage, nicht wahr? Kann ich diese Gewißheit, die fürchterlicher ist als die Sache selbst, jemals einem Menschen erzählen? Nein. Jetzt aber, da ich diese Gewißheit habe, mit einer Sicherheit und Ruhe, wie man nur die einfachen Sachverhalte des Lebens kennt, wie soll ich mir unser künftiges Zusammenleben vorstellen? Kann ich dir in die Augen blicken, oder sollen wir alle drei, Krisztina, du und ich, das Spiel spielen, unsere Freundschaft zu Theater und gegenseitiger Beobachtung machen? Kann man so leben? Wie gesagt, ich denke, daß du vielleicht wahnsinnig geworden bist. Vielleicht ist es die Musik, denke ich. Man ist nicht ungestraft Musiker und ein Verwandter von Chopin. Gleichzeitig aber weiß ich, daß diese Hoffnung dumm und feige ist: Ich muß der Wahrheit ins Auge blicken, ich darf mir nichts vormachen, du bist nicht wahnsinnig, es gibt keine Entlastung, keine Ausflucht. Du hast einen Grund, mich zu hassen und mich töten zu wollen. Diesen Grund vermag ich nicht zu begreifen. Es gibt eine natürliche und einfache Erklärung dafür, nämlich daß du einer plötzlichen, sehnsüchtig schwärmerischen Leidenschaft für Krisztina erlegen bist, und auch das wäre eine Art Wahn – doch diese Annahme ist so unwahrscheinlich, in unserem Leben zu dritt ist überhaupt keine Spur, kein Anzeichen davon, und so muß ich sie verwerfen. Ich kenne Krisztina, ich kenne dich, und ich kenne mich – zumindest glaube ich das. Unser aller Leben, unsere erste Bekanntschaft mit Krisztina, meine Ehe, unsere Freundschaft, das alles ist so offen, sauber, übersichtlich, die Personen und die Situationen sind so unmißverständlich, daß ich verrückt sein müßte, auch nur eine Sekunde lang so etwas zu glauben. Leidenschaften, und seien sie noch so verschroben, lassen sich nicht verheimlichen, eine Leidenschaft, die den Besessenen zwingt, eines Tages die Waffe gegen seinen besten Freund zu erheben, kann man nicht monatelang vor der Welt verstecken, irgendein Anzeichen hätte sogar ich, der ewig blinde und taube Dritte, bemerken müssen – wir leben ja fast zusammen, keine Woche vergeht, ohne daß du an drei, vier Abenden bei uns ißt, tagsüber bin ich in der Stadt, in der Kaserne, im Dienst mit dir zusammen, wir wissen alles voneinander. Und Krisztinas Tage und Nächte, ihren Körper und ihre Seele kenne ich wie meine eigenen. Eine unsinnige Annahme, daß du und Krisztina ... Und ich bin beinahe erleichtert, als ich mir diese Annahme vor Augen halte. Da muß etwas anderes sein. Das Geschehene ist tiefer, geheimnisvoller, unverständlicher. Ich muß mit dir reden. Soll ich dich beobachten lassen? Wie der eifersüchtige Ehemann in der Komödie? Ich bin kein eifersüchtiger Ehemann. Der Verdacht vermag sich nicht in meinem Nervensystem festzusetzen, ich bin ruhig, wenn ich an Krisztina denke, die ich gefunden habe wie ein Sammler den Fund seines Lebens, das seltenste, perfekteste Exemplar seiner Sammlung, das Meisterwerk, Ziel und Sinn seines Daseins. Krisztina lügt nicht und ist nicht untreu, ich kenne alle ihre Gedanken, sogar die geheimen, die man nur im Traum denkt. Das in gelben Samt gebundene Tagebuch, das ich ihr in den ersten Tagen unserer Ehe geschenkt habe, erzählt alles, denn wir hatten abgemacht, daß sie mir und sich selbst auch von ihren Gefühlen und Gedanken berichtet, von Gefühlen, von Sehnsüchten, von den Nebenprodukten der Seele, von denen man nicht laut zu sprechen wagt, weil man sich schämt oder weil man sie als nebensächlich betrachtet: Das alles würde sie im Tagebuch andeuten, mir in ein paar Worten mitteilen, was sie unter dem Eindruck eines Menschen oder einer Situation dachte und fühlte ... So vertraut sind wir. Und das geheime Tagebuch liegt immer in der Schublade des Schreibtisches, zu dem nur wir beide einen Schlüssel haben. Dieses Tagebuch ist das Vertraulichste, was es zwischen einem Mann und einer Frau geben kann. Wenn es im Leben von Krisztina ein Geheimnis gibt, hätte es ihr Tagebuch schon angezeigt. Allerdings, fällt mir ein, haben wir seit einiger Zeit dieses heimliche Spiel vergessen ... Und ich stehe auf und mache mich im dunklen Haus auf den Weg in Krisztinas Arbeitszimmer, öffne dort die Schublade ihres Schreibtisches und suche das gelbe Tagebuch. Die Schublade ist leer.«

Er schließt die Augen, sitzt eine Weile so, mit ausdruckslosem Gesicht wie die Blinden. Er scheint ein Wort zu suchen.

»Es ist schon nach Mitternacht, das Haus schläft. Krisztina ist müde, ich will sie nicht stören. Wahrscheinlich hat sie das Tagebuch in ihr Zimmer mitgenommen, so denke ich es mir«, sagt er freundlich. »Ich will sie nicht stören, ich werde sie dann morgen fragen, ob sie mir in unserer geheimen Zeichensprache, mit dem Tagebuch, nicht etwas mitteilen wollte. Denn, weißt du, dieses vertrauliche Heft, von dem wir nicht sprechen – wir schämen uns ein bißchen voreinander für diese stumme Vertraulichkeit –, ist so wie ein sich wiederholendes Liebesgeständnis. Davon läßt sich nicht leicht sprechen. Es war Krisztinas Idee gewesen, sie hatte mich darum gebeten, in Paris, auf unserer Hochzeitsreise, sie war es, die Geständnisse machen wollte – und erst später, sehr viel später, als es Krisztina nicht mehr gab, habe ich begriffen, daß man sich nur dann so gewissenhaft auf ein Geständnis, auf äußerste Ehrlichkeit vorbereitet, wenn man weiß, daß es im Leben eines Tages tatsächlich etwas zu gestehen geben wird. Ich habe dieses Tagebuch lange nicht verstanden, hielt diese geheimen schriftlichen Botschaften, diese Morsezeichen aus Krisztinas Leben für leicht übertrieben, für die Laune einer Frau. Sie sagte, sie wolle nie vor mir Geheimnisse haben, und auch keine vor sich selbst, und deshalb wolle sie alles aufschreiben, wovon man nicht gut sprechen könne. Wie gesagt, ich habe später verstanden, daß jemand, der sich so in die Ehrlichkeit flüchtet, vor etwas Angst hat, davor, daß sein Leben sich mit etwas füllt, das man nicht mehr teilen kann, ein echtes Geheimnis, unbeschreiblich, unaussprechlich. Krisztina will mir alles geben, ihren Körper und ihre Seele, ihre Gefühle und geheimen Gedanken, alle Regungen ihrer Nerven – wir sind auf der Hochzeitsreise, Krisztina ist verliebt, bedenke doch, woher sie kommt und was ihr das bedeutet, was ich ihr biete, meinen Namen, dieses Schloß, das Palais in Paris, die große Welt, alles, wovon sie ein paar Monate zuvor nicht einmal geträumt hätte, in der kleinstädtischen Umgebung, in dem bescheidenen Heim, allein mit einem stillen, kranken alten Mann, der nur noch für sein Instrument, die Notenhefte und seine Erinnerungen lebt … Und auf einmal gibt ihr das Leben alles, und mit vollen Händen, die Ehe, die ein Jahr dauernde Hochzeitsreise, Paris, London, Rom, dann den Osten, Monate in den Oasen, das Meer. Natürlich meint Krisztina, sie sei verliebt. Später stellt sich heraus, daß sie es nicht ist, nicht einmal zu jener Zeit. Sie ist bloß dankbar.«

Er flicht die Finger ineinander, stützt die Arme auf die Knie und beugt sich vor: »Sie ist dankbar, sehr dankbar, auf ihre Art, auf die Art einer jungen Frau, die mit ihrem Gatten, einem reichen, vornehmen jungen Mann, auf Hochzeitsreise geht.« Er preßt die verflochtenen Finger stärker ineinander und betrachtet aufmerksam und versunken das Muster des Teppichs. »Sie will unbedingt dankbar sein, und deshalb erfindet sie auch das Tagebuch, dieses sonderbare Geschenk. Denn es ist vom ersten Augenblick an voller überraschender Geständnisse. Krisztina macht mir nicht den Hof, und ihre Geständnisse sind mitunter beunruhigend ehrlich. Sie beschreibt mich so, wie sie mich sieht, mit ein paar Worten, aber sehr treffend. Sie beschreibt, was ihr an mir nicht gefällt, die Art, wie ich mich den Menschen auf der ganzen Welt mit übergroßer Sicherheit nähere – sie spürt in mir keine Bescheidenheit, wie sie für ihre gläubige Seele die größte Tugend ist. Nein, bescheiden bin ich in diesen Jahren wirklich nicht. Mein ist die Welt, ich habe die Frau gefunden, die mit allen ihren Worten, allen Botschaften ihres Körpers und ihrer Seele ein vollkommenes Echo in mir auslöst, ich bin reich, ich habe einen Rang, die Zukunft öffnet sich vor mir wie eine strahlende Bahn, ich bin dreißig Jahre alt, ich liebe das Leben, den Dienst, meine Karriere. Jetzt, im Rückblick, schwindelt es mir vor dieser schmatzenden Selbstzufriedenheit, diesem Glücksgefühl. Und wie jeder, den die Götter grundlos verwöhnen, empfinde ich in der Tiefe meines Glücks eine Art Beklemmung. Es ist alles zu schön, zu bruchlos, zu vollkommen. Vor so ungebrochenem Glück fürchtet man sich immer. Ich möchte dem Schicksal ein Opfer bringen, es wäre mir ganz recht, wenn in einem Hafen die Post aus der Heimat von einer finanziellen oder sonstigen Unannehmlichkeit berichtete, wenn ich zum Beispiel erführe, daß zu Hause das Schloß abgebrannt ist oder daß mich ein finanzieller Verlust getroffen, daß mein Bankier schlechte Nachrichten für mich hat, oder ähnliches … Man möchte ja den Göttern gern etwas vom Glück zurückzahlen. Denn bekanntlich sind die Götter eifersüchtig, und wenn sie den Sterblichen ein Jahr des Glücks schenken, verbuchen sie diese Schuld sogleich und fordern sie am Ende des Lebens mit Wucherzinsen ein. Aber um mich herum ist alles vollkommen in Ordnung. Krisztina schreibt kurze Sätze in ihr Tagebuch, die wie im Traum gesprochen scheinen. Manchmal schreibt sie nur eine Zeile, nur ein Wort. Zum Beispiel: »Du bist hoffnungslos, denn du bist eitel.« Dann wochenlang nichts. Oder sie schreibt, sie habe in Algier einen Mann gesehen, der sei ihr in einer Gasse gefolgt und habe sie angesprochen, und sie habe das Gefühl gehabt, sie könnte mit ihm gehen. Krisztina ist eine schillernde, unruhige Seele, denke ich. Aber ich bin glücklich, und auch diese seltsamen, etwas beunruhigenden Ausbrüche von Ehrlichkeit vermögen mein Glück nicht zu trüben. Ich bedenke nicht, daß jemand, der dem anderen so krampfhaft alles sagen will, vielleicht gerade deshalb so ehrlich ist, um von etwas Wichtigem und Wesentlichem nicht sprechen zu müssen. An so etwas denke ich auf meiner Hochzeitsreise nicht, und auch später nicht, als ich das Tagebuch lese. Dann aber kommt im Leben jener Tag und jene Nacht, der Tag der Jagd, und ich fühle mich, als sei dein Gewehr losgegangen, als sei die Kugel neben meinem Ohr vorbeigepfiffen. Und es kommt die Nacht, du gehst von uns weg, doch zuvor hast du noch mit Krisztina in allen Einzelheiten über die Tropen diskutiert. Und ich bleibe mit der Erinnerung an diesen Tag und an diesen Abend allein. Und finde das Tagebuch nicht am gewohnten Platz, in der Schublade von Krisztinas Schreibtisch. Ich beschließe, dich am nächsten Tag in der Stadt aufzusuchen und zu fragen ...«

Er verstummt. Schüttelt nach Art alter Leute den Kopf, als staune er über eine Kinderei.

»Was zu fragen? …« sagt er leise und abschätzig, wie um sich selbst zu verspotten. »Was kann man die Menschen mit Worten fragen? Und was ist die Antwort wert, die sie nicht mit der Wirklichkeit ihres Lebens, sondern mit Wörtern geben? … Nicht viel«, sagt er bestimmt. »Es gibt nur sehr wenige Menschen, bei denen sich die Wörter mit der Wirklichkeit ihres Lebens völlig decken. Das ist vielleicht das Allerseltenste im Leben. Ich wußte das damals noch nicht. Ich denke jetzt nicht an die kläglichen Lügner. Ich denke daran, daß die Menschen vergeblich Wahrheiten finden, vergeblich Erfahrungen sammeln, ihr Grundnaturell können sie doch nicht ändern. Vielleicht kann man im Leben auch nichts anderes tun, als diese unabänderliche Gegebenheit, sein eigenes Grundnaturell, klug und vorsichtig an die Wirklichkeit anzupassen. Das ist alles, was wir tun können. Und auch davon werden wir weder klüger noch unverletzlicher, nein … Ich will also mit dir reden, und ich weiß noch nicht, daß alles, was ich dich fragen kann, und alles, was du antworten kannst, an den Tatsachen nichts ändert. Der Wirklichkeit, den Tatsachen kann man sich aber mit Wörtern, mit Frage und Antwort, immerhin annähern: Deshalb will ich mit dir reden. Ich schlafe tief und erschöpft. Als hätte ich eine große körperliche Anstrengung hinter mir, einen langen Ritt, eine Wanderung … Einmal hatte ich einen Bären auf dem Rücken von den Bergen heruntergetragen: Ich weiß, daß ich in jenen Jahren außergewöhnlich stark war, und doch staune ich jetzt nachträglich, wie ich diese Last über Berghänge und durch Schluchten zu tragen vermochte. Offenbar hält man alles aus, solange das Leben ein Ziel hat. Damals im Schnee schlief ich auf ähnliche Art erschöpft, nachdem ich mit dem Bären im Tal angekommen war; meine Jäger fanden mich halb erfroren neben dem toten Tier. Auf die Art schlief ich in jener Nacht. Tief und traumlos. Nach dem Erwachen lasse ich sogleich anspannen und fahre in die Stadt, zu deiner Wohnung. Stehe dort im Zimmer und erfahre, daß du abgereist bist. Erst am nächsten Tag erhalten wir beim Regiment deinen Brief, in dem du meldest, daß du auf deinen Rang verzichtest und ins Ausland reist. In dem Augenblick verstehe ich nur die Tatsache der Flucht, denn jetzt ist es sicher, daß du mich töten wolltest, daß etwas geschehen ist und noch geschieht, dessen wirkliche Bedeutung ich zunächst nicht begreife, und es ist auch sicher, daß mich das alles ganz persönlich angeht, daß das alles auch mit mir geschieht, nicht nur mit dir. So stehe ich in dem rätselhaften, mit prachtvollen Gegenständen vollgestopften Zimmer, als die Tür aufgeht und Krisztina eintritt.«

Er trägt das alles im Erzählton vor, liebenswürdig, freundlich, gleichsam um den von fernher, aus ferner Zeit und entfernten Ländern, endlich heimgekehrten Freund mit den interessanteren Teilen einer alten Geschichte zu unterhalten.

Konrád hört ihm reglos zu. Die erloschene Zigarre hat er auf den Rand des gläsernen Aschenbechers gelegt, er sitzt mit verschränkten Armen, unbewegt, in steifer und korrekter Haltung, ganz der Offizier, der sich mit einem Ranghöheren freundschaftlich unterhält.

»Sie macht die Tür auf, bleibt auf der Schwelle stehen«, sagt der General. »Sie ist ohne Hut, sie kommt von zu Hause und hat den leichten Einspänner selbst gelenkt. ›Ist er weg?‹ fragt sie. Ihre Stimme ist seltsam heiser. Ich nicke, ja, er ist weg. Krisztina steht aufgerichtet und schlank in der Tür, vielleicht war sie nie so schön wie in diesem Augenblick. Sie ist blaß wie die Verwundeten, die viel Blut verloren haben, nur ihre Augen leuchten fiebrig, wie am Vorabend, als ich zu ihr trat, während sie das Tropenbuch las. ›Er ist geflohen‹, sagt sie dann und erwartet keine Antwort; sie sagt es zu sich selbst, es ist eine Aussage, eine Feststellung. ›Der Feigling‹, fügt sie noch leise und ruhig hinzu.«

»Das hat sie gesagt?« fragt der Gast und gibt seine statuenhafte Haltung auf, räuspert sich.

»Ja«, sagt der General. »Das ist alles. Ich frage sie auch gar nichts. Wir stehen wortlos im Zimmer. Dann beginnt Krisztina, sich umzublicken, sie nimmt die Möbel, die Bilder, die Kunstgegenstände einzeln in Augenschein. Ich beobachte sie. Sie schaut im Zimmer umher, als verabschiede sie sich. Sie betrachtet es, als hätte sie das alles schon gesehen und wolle sich jetzt von jedem einzelnen Gegenstand verabschieden. Du weißt ja, man kann Gegenstände, ein Zimmer auf zweierlei Arten anschauen: wie bei einer Entdeckung und wie bei einem Abschied. In Krisztinas Blick ist nichts von Entdeckerneugier. Er schweift so ruhig, so vertraut durch dieses Zimmer, wie man sich zu Hause vergewissert, ob jeder Gegenstand an seinem Platz ist. Ihre Augen glänzen krankhaft, sind aber zugleich seltsam verschleiert. Sie ist wortlos und beherrscht, aber ich spüre, daß diese Frau aus der sicheren Bahn ihres Lebens geworfen wurde, daß sie dabei ist, sich und auch dich und mich zu verlieren. Ein Blick, eine unerwartete Bewegung, und Krisztina tut oder sagt etwas, das nie wiedergutzumachen ist... Sie schaut sich die Bilder an, ohne Neugier, ruhig, wie um sich zum Abschied noch einmal einzuprägen, was sie schon oft gesehen hat. Sie schaut sich die breite französische Liege an, mit einem hochmütigen und kurzsichtig zwinkernden Blick; sie kneift einen Moment die Augen zusammen. Dann dreht sie sich um, und wortlos, wie sie gekommen ist, verläßt sie den Raum. Ich bleibe im Zimmer. Durch das offene Fenster sehe ich sie durch den Garten gehen, zwischen den Rosenbäumen, die in diesen Tagen zu blühen begonnen haben. Sie setzt sich in den leichten Wagen, der hinter dem Zaun auf sie wartet, nimmt die Zügel auf und fährt los. Einen Augenblick später ist der Wagen hinter der Straßenbiegung verschwunden.«

Er verstummt, schaut zum Gast hinüber.

»Ermüde ich dich nicht?« fragt er höflich.

»Nein«, sagt Konrád heiser. »Überhaupt nicht. Erzähl weiter.«

»Ich gehe da ziemlich in die Einzelheiten«, sagt er, wie um sich zu entschuldigen. »Aber es ist nicht anders möglich: Nur aus den Einzelheiten können wir das Wesentliche verstehen, so haben es mich die Bücher und das Leben gelehrt. Man muß jede Einzelheit kennen, denn man kann ja nie wissen, welche wichtig ist, welches Wort hinter die Dinge leuchtet. Man muß in allem Ordnung halten. Aber ich habe jetzt nicht mehr viel zu sagen. Du bist geflohen, Krisztina ist im leichten Wagen nach Hause gefahren. Und ich, was kann ich noch tun, in dem Augenblick, und überhaupt im Leben?... Ich betrachte das Zimmer, blicke der verschwundenen Krisztina nach. Ich weiß, daß im Flur dein Bursche strammsteht. Ich rufe seinen Namen, er kommt herein, salutiert. ›Zu Befehl!‹ sagt er. ›Wann ist der Herr Hauptmann weggefahren?...‹ ›Mit dem Frühexpreß.‹ Das ist der Zug in die Hauptstadt. ›Hat er viel Gepäck mitgenommen?‹ ›Nein, nur ein paar Zivilkleider.‹ ›Hat er einen Befehl oder eine Nachricht hinterlassen?...‹ ›Ja. Diese Wohnung soll aufgegeben werden. Die Möbel sollen verkauft werden. Der Herr Rechtsanwalt soll das erledigen. Ich soll zur Einheit zurückgehen‹, sagt er. Mehr nicht. Wir schauen einander an. Und da kommt der Moment, der nicht leicht zu vergessen ist: Der Bursche – ein zwanzigjähriger Bauernjunge, bestimmt erinnerst du dich an sein gutmütiges, kluges Gesicht – gibt das Strammstehen, den dienstlichen geraden Blick auf, jetzt steht nicht mehr der gemeine Soldat vor dem Vorgesetzten, sondern ein Mann, der etwas weiß, vor einem Mann, der ihn dauert. In seinem Blick ist etwas so Menschliches, Mitleidiges, daß ich zuerst erbleiche, dann rot anlaufe ... Jetzt – das erste und das letzte Mal in meinem ganzen Leben – verliere auch ich den Kopf. Ich trete zu ihm, packe an seiner Brust die Jacke und hebe ihn daran fast hoch. Wir atmen einander ins Gesicht. Blicken einander tief in die Augen, in den Augen des Burschen Entsetzen und wieder und noch immer Mitleid. Du weißt ja, damals war es besser, wenn ich nichts und niemanden packte; es ging alles kaputt, was ich nicht vorsichtig berührte ... Ich weiß das auch, und ich spüre, daß wir beide, der Bursche und ich, in Gefahr sind. Ich lasse ihn also hinunter, stelle ihn gewissermaßen wie einen Bleisoldaten auf den Boden zurück; seine Stiefel klopfen auf dem Parkett, er steht wieder stramm wie bei der Parade. Ich nehme mein Taschentuch hervor, trockne mir die Stirn ab. Es gibt eine einzige Frage, und dieser Mensch könnte sie sofort beantworten. Sie lautet: ›War die Dame, die eben weggegangen ist, auch früher schon da? ...‹ Wenn er nicht antwortet, bringe ich ihn um. Aber wenn er antwortet, bringe ich ihn vielleicht auch um, und vielleicht nicht nur ihn ... In solchen Augenblicken kennt man seine Freunde nicht mehr. Gleichzeitig aber weiß ich, daß es unnötig ist zu fragen. Ich weiß, daß Krisztina auch früher schon dagewesen ist, nicht nur einmal, sondern viele Male.«

Er lehnt sich zurück, läßt die Arme mit einer müden Bewegung sinken.

»Jetzt hat es keinen Wert mehr, irgend etwas zu fragen«, sagt er. »Was man noch wissen muß, kann ein fremder Mensch nicht verraten. Man müßte wissen, warum das alles geschehen ist. Und wo die Grenze zwischen zwei Menschen ist. Die Grenze des Verrats. Das müßte man wissen. Und dann noch, wo in alledem meine Schuld liegt ...«

Das fragt er ganz leise, mit ungewisser Stimme. Man hört den Wörtern an, daß er sie zum ersten Mal laut ausspricht, nachdem er sie einundvierzig Jahre lang in seiner Seele herumgetragen und bis jetzt noch keine Antwort gefunden hat.

16

»Denn die Dinge stoßen einem nicht einfach zu«, sagt er jetzt bestimmter und schaut auf. Über ihren Köpfen brennen die Kerzen mit hohen, rauchenden Flammen; innen sind sie schon ganz schwarz. Die Landschaft und die Stadt jenseits der Fenster sind noch dunkel, keine einzige Laterne leuchtet in der Nacht. »Man macht auch, was mit einem geschieht. Man macht es, ruft es herbei, läßt nicht los, was geschehen muß. So ist der Mensch. Er tut es auch, wenn er vom ersten Augenblick an weiß, daß sein Tun fatal ist. Sie halten einander fest, der Mensch und sein Schicksal, sie beschwören und gestalten einander. Es stimmt nicht, daß das Schicksal heimlich in unser Leben tritt. Nein, das Schicksal tritt durch die Tür herein, die wir ihm öffnen, und wir bitten es, doch näher zu treten. Kein Mensch ist stark oder klug genug, mit Taten oder Worten das Unglück abzuwenden, das mit eherner Gesetzmäßigkeit aus seinem Wesen, seinem Charakter folgt. Wußte ich denn alles von dir und Krisztina? Ich meine, von Anfang an, seit Beginn unserer Geschichte zu dritt … Schließlich hast du mich Krisztina vorgestellt. Dich kannte sie als Kind, du warst es, der bei ihrem Vater Noten kopieren ließ, bei dem alten Mann, dessen verkrümmte Hände für das Abschreiben von Musikstücken noch gut waren, aber Geige und Bogen nicht mehr halten, dem Instrument keine edlen Töne mehr entlocken konnten, so daß er die Karriere abbrechen, den Konzertsaal hinter sich lassen mußte, um in der Musikschule einer Kleinstadt all die unmusikalischen oder höchstens ansatzweise begabten Kinder zu unterrichten, wobei er noch ein bißchen hinzuverdiente, indem er die Werke begabter Dilettanten verbesserte und bereinigte … Auf diesem Weg lernst du ihn kennen, ihn und seine Tochter, die damals siebzehn Jahre alt ist. Die Mutter ist in Südtirol gestorben; wegen ihrer Herzkrankheit hatte sie sich in ein Sanatorium in der Nähe ihres Geburtsorts zurückgezogen. Später, am Ende unserer Hochzeitsreise, werden wir in dieses Bad fahren und das Sanatorium aufsuchen, weil Krisztina das Zimmer sehen möchte, in dem ihre Mutter gestorben ist. Wir kommen an einem Nachmittag in Arco an, im Automobil. Wir sind im Duft von Blumen und Orangenbäumen am Gardasee entlanggefahren und in Riva abgestiegen, und am Nachmittag fahren wir nach Arco hinüber. Das Land ist silbergrau wie die Olivenbäume, weit oben eine Burg, und in der dunstigen, lauwarmen Luft, zwischen Felsen versteckt, liegt das Sanatorium. Überall Palmen und eine rührend zarte Beleuchtung wie in einem Gewächshaus. Das blaßgelbe Gebäude, wo Krisztinas Mutter ihre letzten Jahre verbracht hat, ist in der großen Stille so geheimnisvoll, als schließe es alle Traurigkeit ein, von der die Herzen der Menschen krank werden, als wäre das Herzeleid eine Folge der Enttäuschungen, der unverständlichen Unglücksfälle des Lebens und würde hier stumm und aktiv gelebt. Krisztina geht um das Haus herum. Die Stille, der Duft der stacheligen südlichen Pflanzen, der lauwarme, wohlriechende Dunst, der alles einhüllt, als wäre er eine feine Leinenbinde für die kranken Herzen, all das berührt auch mich tief. Zum ersten Mal spüre ich, daß Krisztina nicht ganz bei mir ist, und ich höre von weit weg, von sehr weit weg, vom Beginn der Zeiten, eine kluge, traurige Stimme, die Stimme meines Vaters. Sie redet von dir, Konrád«, zum ersten Mal spricht er den Namen des Gastes aus, ohne Zorn, ohne Erregung, sondern neutral und höflich, »und sie sagt, du seist kein richtiger Soldat, du seist ein Mensch anderer Art. Ich verstehe das nicht, ich weiß noch nicht, was Anderssein bedeutet ... Es braucht eine lange Zeit, viele einsame Stunden, um mich zu lehren, daß es immer nur darum geht, daß es zwischen Männern und Frauen, unter Freunden und Bekannten immer um dieses Anderssein geht, das die Menschheit in zwei Parteien spaltet. Manchmal glaube ich schon, daß es auf der Welt nur diese beiden Parteien gibt und daß alle Klassenunterschiede, alle Schattierungen der Weltanschauung, der Machtverhältnisse nur Varianten dieses Andersseins sind. Und so wie nur Menschen der gleichen Blutgruppe einander in der Gefahr beistehen können, so vermag eine Seele der anderen nur dann zu helfen, wenn diese nicht ›anders‹ ist, wenn ihre jenseits von Ansichten und Überzeugungen liegende geheimste Wirklichkeit ähnlich ist ... Und da, in Arco, wurde mir bewußt, daß das Fest zu Ende war, daß auch Krisztina ›anders‹ war. Und mir ist in den Sinn gekommen, was mein Vater gesagt hatte, der keine Bücher las, den die Einsamkeit und das Leben aber gelehrt hatten, die Wahrheit zu erkennen; ja, er wußte von dieser Zweiheit, auch er war einer Frau begegnet, die er sehr liebte, an deren Seite er aber trotzdem einsam blieb, weil sie zweierlei Menschen waren, zweierlei Temperamente, zweierlei Lebensrhythmen, denn auch meine Mutter war ›anders‹, so wie du und Krisztina ... Und in Arco ist mir noch etwas klargeworden. Das Gefühl, das mich mit meiner Mutter, mit dir und Krisztina verband, war immer das gleiche, die gleiche Sehnsucht, die gleiche suchende Hoffnung, das gleiche hilflose, traurige Wollen. Denn immer lieben wir den ›anderen‹, immer suchen wir ihn, in sämtlichen Umständen und Wechselfällen des Lebens ... Weißt du das schon? Das größte Geheimnis und das größte Geschenk des Lebens besteht darin, daß sich zwei ›gleichartige‹ Menschen begegnen. Das kommt so selten vor – es muß daran liegen, daß die

Natur mit List und Gewalt einen solchen Zusammenklang verhindert –, vielleicht weil für die Schöpfung der Welt, die Erneuerung des Lebens die Spannung nötig ist, wie sie zwischen einander ewig suchenden, gegensätzlich gestimmten Menschen entsteht. Wechselstrom, weißt du ... Energieaustausch zwischen positiver und negativer Ladung, wohin man blickt. Wieviel Verzweiflung, wieviel blinde Hoffnung hinter dieser Zweiheit! Ja, in Arco hörte ich die Stimme meines Vaters, und ich begriff, daß sich sein Schicksal in mir fortsetzte, daß ich zu seiner Art gehörte, während meine Mutter, du und Krisztina am anderen Ufer standet, jeder mit einer anderen Rolle, die Mutter, der Freund, die liebe und liebende Ehefrau, wobei ihr in meinem Leben dennoch die gleiche Rolle spieltet. Am anderen Ufer, ja, wohin man nie gelangt ... Und man kann im Leben alles erreichen, in der Welt und um sich herum alles niederringen, das Leben kann einem alles geben, man kann vom Leben alles nehmen; aber den Geschmack, die Neigungen, den Rhythmus eines Menschen kann man nicht ändern, nicht sein Anderssein, das ihn völlig charakterisiert, während er dir doch nahesteht, dir wichtig ist. Das spüre ich zum ersten Mal, als Krisztina in Arco um das Haus herumgeht, in dem ihre Mutter gestorben ist.«

Er läßt seinen Kopf sinken, stützt mit der Hand die Stirn, mit einer hilflosen, resignierenden Geste, wie einer, der endlich verstanden hat, daß man gegen die

Grundgegebenheiten des Menschseins nie etwas tun kann.

»Dann sind wir von Arco nach Hause gereist und haben hier das Leben aufgenommen«, sagt er. »Den Rest kennst du. Du hattest mich Krisztina vorgestellt. Mit keinem Wort hast du je verlauten lassen, daß sie dich interessierte. Ich empfand unsere Begegnung, die zwischen mir und Krisztina, als so unmißverständlich wie sonst nie etwas im Leben. Sie hatte vielerlei Blut in sich: deutsches, italienisches, ungarisches. Vielleicht auch einen Tropfen polnisches, von der Verwandtschaft ihres Vaters her … Und sie selbst war so schwer festzulegen und einzuordnen, als könnte kein Volk, keine Gesellschaftsschicht sie völlig einschließen, als hätte die Natur für einmal versucht, ein selbständiges, unabhängiges und freies Wesen zu schaffen, das mit Klasse und Abstammung nichts zu tun hat. Sie war wie ein Tier: Die sorgfältige Erziehung, das Mädcheninternat, die Kultiviertheit und Zärtlichkeit ihres Vaters hatten nur ihr Benehmen geformt, innerlich aber war Krisztina wild und unbezähmbar. Alles, was ich ihr geben konnte, Vermögen und gesellschaftlicher Status, war ihr nicht wirklich viel wert, und aus dieser inneren Ungebundenheit, aus diesem Freiheitsdrang, wie sie ihr wesentlich waren, wollte sie sich für die Welt, in die ich sie geführt hatte, nicht ausgeben … Auch ihr Stolz war ein anderer als der Stolz derer, die auf ihren Rang, ihre Abstammung, ihr Vermögen, ihre gesellschaftliche Stellung oder auf eine spezifische persönliche Fähigkeit stolz sind. Krisztina war auf ihre edle Wildheit stolz, die wie ein Erbe und wie ein Gift in ihrem Herzen und in ihren Nerven lebte. Diese Frau – wie du wohl weißt – war innerlich souverän, und das ist heute etwas sehr Seltenes; souveräne Menschen sind sowohl unter Männern wie unter Frauen selten. Offensichtlich ist das keine Frage der Abstammung oder der gesellschaftlichen Stellung. Sie war nicht zu beleidigen, es gab keine Situation, vor der sie zurückgewichen wäre, sie ertrug keinerlei Einschränkung. Und da war noch etwas, das bei Frauen selten ist: Sie kannte die Verantwortung, zu der sie ihr innerer menschlicher Rang verpflichtete. Erinnerst du dich – ja, bestimmt erinnerst du dich – an unsere erste Begegnung, in dem Zimmer, wo die Notenblätter ihres Vaters auf dem großen Tisch lagen: Krisztina trat ein, und das kleine Zimmer füllte sich mit Helligkeit. Sie brachte nicht nur Jugend mit, nein, sie brachte Leidenschaft und Hochmut, das souveräne Selbstbewußtsein unbedingter Gefühle mit. Ich bin auch seither keinem Menschen begegnet, der allem, was die Welt und das Leben gibt, so vollkommen zu entsprechen vermochte: der Musik, einem frühmorgendlichen Spaziergang im Wald, der Farbe und dem Duft einer Blume, dem richtigen und intelligenten Wort eines Menschen. Niemand konnte einen edlen Stoff oder ein Tier auf die Art berühren wie Krisztina. Ich kenne niemanden, der sich über die einfachen Geschenke des Lebens so freuen konnte wie diese Frau: Menschen und Tiere, Sterne und Bücher, alles interessierte sie, aber nicht auf überhebliche Art, nicht mit verknöcherter Fachbesessenheit, sondern mit der unvoreingenommenen Freude des Weltkindes, das sich allem zuwendet, was das Leben zu zeigen und zu geben vermag. Als gingen alle Erscheinungen des Lebens sie persönlich an, verstehst du? ... Ja, du verstehst das bestimmt. Und in dieser unvoreingenommenen Nähe war auch Demut, die Erkenntnis, daß das Leben eine große Gnade ist. Zuweilen sehe ich noch ihr Gesicht«, sagt er mitteilsam, »in diesem Haus wirst du kein Porträt von ihr finden, es gibt keine Photographie von ihr, und das große Bild, das der Österreicher gemalt hat und das lange zwischen den Porträts meiner Ahnen hing, ist abgenommen worden. Nein, Krisztinas Bild wirst du in diesem Haus nicht mehr finden«, sagt er fast schon befriedigt, als berichte er von einer kleineren Heldentat. »Aber zuweilen sehe ich ihr Gesicht noch, im Halbschlaf, oder wenn ich in ein Zimmer trete. Und jetzt, da wir von ihr sprechen, wir zwei, die sie einigermaßen gut gekannt haben, jetzt sehe ich ihr Gesicht so deutlich wie vor einundvierzig Jahren, am letzten Abend, als sie zwischen uns saß. Denn das war der letzte Abend, an dem Krisztina und ich gemeinsam aßen, mußt du wissen. Nicht nur du hast zum letzten Mal mit Krisztina zu Abend gegessen, sondern auch ich. Denn an dem Tag war alles geschehen, was zwischen uns dreien geschehen mußte. Und da wir beide Krisztina kannten, waren bestimmte Entscheidungen unumgänglich: Du bist in die Tropen gefahren, Krisztina und ich sprachen nicht mehr miteinander. Sie hat noch acht Jahre gelebt, ja. Wir wohnten beide hier, unter einem Dach, aber sprechen konnten wir nicht mehr miteinander«, sagt er ruhig.

Und blickt ins Feuer.

»So waren wir«, sagt er einfach. »Allmählich verstand ich einen Teil des Geschehenen. Da war die Musik. Es gibt im Leben eines Menschen schicksalhafte Elemente, die immer wiederkehren, wie etwa die Musik. Zwischen meiner Mutter, Krisztina und dir war die Musik das Bindeglied. Wahrscheinlich sagte sie euch etwas, das man mit Worten und Taten nicht ausdrücken kann, und wahrscheinlich sagtet auch ihr einander etwas durch die Musik – und diese Rede, diese für euch deutliche Sprache der Musik, konnten wir, die andersartigen, mein Vater und ich, nicht verstehen. Deshalb blieben wir einsam unter euch. Zu dir und zu Krisztina aber redete die Musik, und so konntet ihr noch miteinander sprechen, als zwischen ihr und mir jedes Gespräch verstummt war. Ich hasse die Musik«, sagt er etwas lauter; zum ersten Mal an diesem Abend spricht er mit leidenschaftlicher Heiserkeit. »Ich hasse diese melodiöse und unverständliche Rede, mittels derer sich bestimmte Menschen verständigen können, wobei sie sich ungebundene, ungeregelte Dinge sagen, ja auch, wie ich zuweilen glaube, unanständige und unmoralische. Schau dir ihre Gesichter an, wie seltsam sie sich beim Musikhören verändern. Und Krisztina und du, ihr suchtet die Musik nicht einmal – ich erinnere mich nicht, daß ihr je vierhändig gespielt hättet, nie hast du dich vor Krisztina ans Klavier gesetzt, jedenfalls nicht in meiner Gegenwart. Offenbar hielten Scham- und Taktgefühl Krisztina davon ab, in meiner Gegenwart mit dir zusammen Musik zu hören. Und da die Musik keine mit Worten auszudrückende Bedeutung hat, so hat sie wahrscheinlich eine andere, gefährlichere Bedeutung, wenn sie ja die Menschen, die nicht nur nach dem Musikgehör, sondern auch schicksalhaft zusammengehören, so tief zu berühren vermag. Findest du nicht? ...«

»Doch, das finde ich auch«, sagt der Gast.

»Das beruhigt mich«, sagt der General höflich. »Auch Krisztinas Vater war dieser Meinung, und er verstand wirklich etwas von Musik. Er war nämlich der einzige Mensch, mit dem ich einmal, ein einziges Mal, von alledem gesprochen habe, von der Musik, von dir und Krisztina. Da war er schon sehr alt; kurze Zeit nach unserem Gespräch ist er gestorben. Ich kam damals aus dem Krieg zurück. Krisztina war schon seit zehn Jahren tot. Alle, die mir je wichtig gewesen sind, mein Vater, meine Mutter, du und Krisztina, waren schon weggegangen. Nur die beiden Alten lebten noch, Nini, die Amme, und Krisztinas Vater, mit der merkwürdigen Kraft und Gleichgültigkeit der Alten, mit irgendeinem unverständlichen Ziel ... so wie wir beide heute. Alle waren tot, ich selbst war auch nicht mehr jung, über fünfzig, und so einsam wie der Baum auf der Lichtung in meinem Wald, der Baum, um den herum am Tag vor Kriegsausbruch der Sturm den Wald umgelegt hatte. Ein einziger Baum ist auf der Lichtung stehengeblieben, in der Nähe des Jagdhauses. Jetzt, nach fast einem halben Jahrhundert, ist ein neuer Wald um ihn herum entstanden. Er aber ist noch einer von den Alten, nachdem ein Wille, der in der Natur Sturm heißt, um ihn herum alles gefällt hat, was einst in seiner Umgebung war. Und siehst du, der Baum lebt noch, aus unerfindlichen Gründen, aber mit eisernem Willen. Welches Ziel mag er haben? ... Keins. Er will am Leben bleiben. Anscheinend hat das Leben, alles Lebendige, kein anderes Ziel, als solange wie möglich zu existieren und sich zu erneuern. Ich kam also damals aus dem Krieg zurück, und ich sprach mit Krisztinas Vater. Was wußte er von uns dreien? Alles. Und ihm, dem einzigen, habe ich alles erzählt, was erzählenswert ist. Wir saßen im dunklen Zimmer, zwischen alten Möbeln und Instrumenten, auf Regalen und in Schränken lagen überall Notenhefte, in Zeichen fixierte stumme Musik, gedrucktes Geschmetter und Gedröhne, die Musik der Welt lauerte schweigend in dem Zimmer, das so alt roch, als hätte sich aus dem, was dieses Zimmer umschloß, aller menschliche Inhalt verflüchtigt … Er hat mich angehört und dann gesagt: ›Was willst du? Du hast es überlebt.‹ Er sprach es wie ein Urteil. Und auch wie eine Anklage. Er blickte mit halbblinden Augen vor sich in das halbdunkle Zimmer, er war schon sehr alt, über achtzig. Da begriff ich, daß der Überlebende kein Recht zur Anklage hat. Wer überlebt, hat seinen Prozeß gewonnen, er hat kein Recht und keinen Grund, Anklage zu erheben; er ist der Stärkere, Schlauere, Hartnäckigere geblieben. So wie wir beide«, sagt er trocken.

Sie schauen einander an, prüfend.

»Dann ist auch er, Krisztinas Vater, gestorben. Es gab nur noch die Amme und dich, irgendwo auf der Welt, und dieses Schloß und den Wald. Auch den Krieg habe ich überlebt«, sagt er zufrieden. »Ich habe den Tod nicht gesucht, bin ihm nie entgegengegangen: Das ist die Wahrheit, ich kann es nicht anders sagen. Offenbar hatte ich noch etwas zu erledigen«, sagt er nachdenklich. »Um mich herum starben die Menschen, ich habe alle Varianten des Todes gesehen, und manchmal staunte ich über die Vielfalt der Sterbemöglichkeiten; denn auch der Tod hat seine Phantasie, so wie das Leben. Zehn Millionen Menschen sind im Krieg gestorben, nach offizieller Zählung. Ein Weltenbrand war ausgebrochen und hat so sehr gelodert und gewütet, daß man zuweilen glauben mochte, alle persönlichen Zweifel, Fragen und Regungen würden mit verbrennen ... Doch das war nicht so. Noch inmitten der größten menschlichen Not wußte ich, daß mir etwas Privates zu erledigen blieb, und deshalb war ich weder feige noch mutig, wie es das Lesebuch beschreibt; nein, ich war ruhig, beim Sturm wie beim Kampf, denn ich wußte, daß mir nichts Schlimmes passieren konnte. Und eines Tages bin ich aus dem Krieg nach Hause gekommen, und dann habe ich gewartet. Die Zeit verging, wieder hat sich die Welt entzündet, und ich bin sicher, daß es noch derselbe Brand ist, der wieder aufflackert ... Und in meiner Seele glühte die Frage, die vom Ruß und von der Asche der Zeit und der Kriege nicht verdeckt werden konnte. Wieder sterben die Menschen zu Millionen, und doch hast du in dieser verrückt gewordenen Welt den Weg gefunden, den Weg vom anderen Ufer, um nach Hause zu kommen und mit mir alles zu erledigen, was wir vor einundvierzig Jahren nicht erledigen konnten. So stark ist die menschliche Natur: Sie kann nicht anders, sie muß auf die Frage, die sie als ihre Lebensfrage erkannt hat, eine Antwort geben oder erhalten. Deshalb bist du zurückgekommen, und deshalb habe ich auf dich gewartet. Vielleicht ist diese Welt am Ende«, sagte er leise und beschreibt mit der Hand einen Bogen. »Vielleicht gehen in der Welt die Lichter aus, so wie heute über dieser Gegend, in der Folge eines elementaren Ereignisses, das nicht der Krieg allein ist, sondern mehr; vielleicht ist auf der ganzen Welt auch in den

Seelen der Menschen etwas herangereift, und jetzt wird mit Eisen und Feuer besprochen und erledigt, was einmal besprochen und erledigt werden muß. Dafür gibt es viele Anzeichen. Vielleicht …«, sagt er sachlich, »vielleicht gehört diese Lebensform, die wir kennen, in die wir hineingeboren wurden, dieses Haus, dieses Essen, ja, auch die Wörter, mit denen wir heute abend die Fragen unseres Lebens besprochen haben, vielleicht gehört das alles der Vergangenheit an. In den Herzen der Menschen ist zuviel Spannung, zuviel Unwillen, zuviel Rachsucht. Wir schauen in unsere Herzen, und was finden wir darin? Unwillen, den die Zeit höchstens gedämpft hat, der aber weiterschwelt. Warum sollten wir dann von der Welt, von den Menschen etwas anderes erwarten? Und wir beide, alt und weise, am Ende unseres Lebens, auch wir wollen Rache … Rache an wem? Aneinander oder am Gedenken eines Menschen, der nicht mehr ist. Sinnlose Regung. Und doch lebt sie in unseren Herzen. Warum sollen wir dann von der Welt etwas anderes erwarten, in der es von unbewußten Sehnsüchten, von willkürlichen Affekten wimmelt, in der junge Männer jungen Männern anderer Nationen mit dem Bajonett die Finger spitzen, in der fremde Menschen einander Riemen aus dem Rücken schneiden, in der alle Regeln, alle Konventionen ungültig geworden sind und nur noch die Triebe herrschen und lodern, bis zum Himmel … Ja, die Rache. Ich bin aus dem Krieg, in dem ich hätte sterben können und doch nicht gestorben bin, heimgekehrt, weil ich auf die Gelegenheit zur Rache wartete. Wie? fragst du wohl. Was für eine Rache? ... Ich sehe an deinem Blick, daß du dieses Bedürfnis nach Rache nicht verstehst. Was für eine Rache ist noch möglich zwischen zwei alten Menschen, auf die schon der Tod wartet? ... Alle sind tot, was soll da die Rache noch? ... Das fragt dein Blick. Und ich will dir antworten: ja, doch, die Rache. Dafür habe ich in Frieden und Krieg, in den letzten einundvierzig Jahren gelebt, deswegen habe ich mich, deswegen haben mich andere nicht umgebracht, und deswegen habe ich niemanden getötet, dem Himmel sei Dank. Nein, der Moment der Rache ist gekommen, so wie ich mir das wünschte. Die Rache besteht darin, daß du zu mir gekommen bist, durch die Welt, durch den Krieg, über minenverseuchte Meere, hierher, an den Tatort, um zu antworten, um mit mir zusammen die Wahrheit zu erfahren. Das ist die Rache. Und jetzt sollst du antworten.«

Die letzten Wörter sagt er ganz leise. Der Gast beugt sich vor, um besser zu hören.

»Mag sein«, sagt er, »daß du recht hast. Frag. Vielleicht kann ich antworten.«

Das Licht der Kerzen wird schwächer, zwischen den großen Bäumen des Gartens geht der Wind der Morgenfrühe. Im Zimmer ist es fast dunkel.

17

»Zwei Fragen sollst du beantworten«, sagt der General, und auch er beugt sich vor; er spricht flüsternd, vertraulich. »Zwei Fragen, die ich längst formuliert habe, in den vergangenen Jahrzehnten, als ich auf dich wartete. Zwei Fragen, die nur du beantworten kannst. Ich sehe schon, daß du meinst, ich wolle wissen, ob ich mich nicht täusche, ob du an jenem Morgen auf der Jagd tatsächlich die Absicht hattest, mich zu töten. War es nicht einfach ein Hirngespinst? Schließlich ist ja nichts passiert. Auch dem besten Jäger kann der Instinkt einen Streich spielen. Und du meinst, die zweite Frage laute so: Warst du Krisztinas Liebhaber? Hast du mich betrogen, wie man so sagt, und hat sie mich betrogen, im wahren, gewöhnlichen, kläglichen Sinn des Wortes? Nein, mein Freund, diese zwei Fragen interessieren mich nicht mehr. Du hast sie bereits beantwortet, die Zeit hat sie beantwortet, und auch Krisztina hat sie auf ihre Art beantwortet. Alle haben geantwortet, du, indem du am Tag nach der Jagd aus der Stadt geflohen bist, Fahnenflucht begangen hast, wie man früher sagte, als man noch an die wahre Bedeutung der Wörter glaubte. Ich frage es nicht, denn ich weiß mit Sicherheit, daß du mich an jenem Morgen töten wolltest. Ich klage dich nicht an; eher habe ich Mitleid mit dir. Es muß ein furchtbarer Augenblick sein, wenn sich im Leben eines Menschen die Heimsuchung offenbart, wenn ein Mensch das Gewehr anlegt, um den Menschen zu töten, der ihm nahesteht, dem er innerlich verbunden ist und den er aus irgendeinem Grund töten muß. Denn das war es, was mit dir in jenem Augenblick geschah. Du streitest es nicht ab? ... Du schweigst? ... Ich kann dein Gesicht in diesem Dämmer nicht sehen ... Es hat kaum noch Sinn, neue Kerzen bringen zu lassen, wir verstehen und erkennen einander auch so, jetzt, da der Augenblick gekommen ist, der Augenblick der Rache. Wir wollen es hinter uns bringen. Nie, keine Sekunde lang habe ich in den vergangenen Jahrzehnten daran gezweifelt, daß du mich töten wolltest, und immer habe ich dich dafür bemitleidet. Ich weiß so genau, was du spürtest, als hätte ich die Situation an deiner Stelle durchlebt, den schrecklichen Augenblick der Heimsuchung. Es war der Augenblick des Außer-sich-Seins, jener Moment in der Morgenfrühe, da die Mächte der Unterwelt noch über die Welt und die Herzen herrschen, da die Nacht ihre böse Seele aushaucht. Ein gefährlicher Augenblick. Ich kenne ihn. Das alles ist aber nur noch Material für einen Polizeirapport, siehst du ... Was soll ich mit dem Sachverhalt, wie er für ein Gerichtsverfahren gut wäre, während ich doch mit Herz und Verstand weiß… Was soll ich mit dem schwülen Geheimnis einer Junggesellenwohnung, mit dem verrotteten Material eines Ehebruchs, mit alten, muffigen Alkovengeheimnissen, mit den intimen Erinnerungen von Toten und auf den Tod zustolpernden Greisen? Was für ein lächerlicher, armseliger Prozeß wäre das, wenn ich dich jetzt am Ende des Lebens für Ehebruch und Mordversuch zur Rechenschaft ziehen wollte, wenn ich ein Geständnis aus dir herauszupressen suchte, während sogar das Gesetz die Tat oder die Fasttat als verjährt betrachten würde?… Das alles wäre beschämend, deiner und meiner und der Erinnerung an unsere Jugend und Freundschaft unwürdig. Und vielleicht würde es dich erleichtern, alles zu erzählen, was es an Tatsachen zu erzählen gibt. Ich will aber nicht, daß du erleichtert bist«, sagt er ruhig. »Die Wahrheit will ich, und für mich besteht die Wahrheit nicht aus ein paar längst verjährten Fakten, nicht aus den heimlichen Leidenschaften und Irrungen eines toten, zu Staub gewordenen Frauenkörpers… Was ist das noch für uns, für den Ehemann und den Liebhaber, da dieser Körper nicht mehr ist und wir Greise geworden sind; wir sprechen diese Dinge noch einmal durch, versuchen die Wahrheit herauszufinden, und dann gehen wir in den Tod, ich hier zu Hause, du irgendwo auf der Welt, bei London oder in den Tropen. Was zählen am Ende des Lebens Wahrheit und Falschheit, Betrug, Verrat, Mordversuch oder Mord, was zählt noch die Frage, wo, wann und wie oft mich meine Frau, meine große Liebe, die Hoffnung meines Lebens, mit meinem besten Freund betrogen hat? Du sprichst diese traurige und niederträchtige Wahrheit aus, gestehst alles, erzählst genau, wie es angefangen hat, was für eine Art Neid und Eifersucht, Angst und Trauer euch einander in die Arme trieb, was du fühltest, wenn du sie umarmtest, welche Rache- und Schuldgefühle in diesen Jahren Krisztinas Körper und Seele bewohnten… Aber was hätte das für einen Wert? Am Ende wird alles ganz einfach, alles, was war und was hätte sein können. Nicht einmal Staub und Asche ist das, was einmal war. Das, was unser Herz so brennen ließ, daß wir meinten sterben oder jemanden umbringen zu müssen – denn auch ich kenne dieses Gefühl, auch ich habe das Gefühl der letzten Heimsuchung kennengelernt, kurz nach deinem Weggang, als ich mit Krisztina allein zurückblieb –, das alles ist weniger als der Staub, den der Wind über die Friedhöfe treibt. Es ist schmachvoll und sinnlos, es auch nur zu erwähnen. Und ich weiß es ja sowieso, weiß es so genau, als hätte ich die Einzelheiten in einem Polizeirapport gelesen. Ich könnte dir das Prozeßmaterial aufsagen wie ein Anwalt bei der Hauptverhandlung: und dann? Was soll ich mit dieser billigen Wahrheit, mit dem Geheimnis eines Körpers, den es nicht mehr gibt? Was ist Treue, was erwarteten wir von der Frau, die wir liebten? Ich bin alt, auch darüber habe ich viel nachgedacht. Ist die Treue nicht ein entsetzlicher Egoismus, und auch eitel, so wie die meisten Belange eines Menschenlebens? Wenn wir Treue fordern, wollen wir dann das Glück des anderen? Und wenn er in der subtilen Gefangenschaft der Treue nicht glücklich sein kann, lieben wir ihn dann wirklich, wenn wir trotzdem Treue von ihm fordern? Und wenn wir ihn nicht so lieben, daß er glücklich ist, dürfen wir dann irgend etwas von ihm verlangen, Treue oder sonst ein Opfer? Jetzt, am Ende meines Lebens, würde ich es nicht mehr wagen, diese Fragen so eindeutig zu beantworten, wie ich es vor einundvierzig Jahren getan hätte – vor einundvierzig Jahren, als mich Krisztina in deiner Wohnung zurückließ, wo sie vor mir schon oft gewesen war, wo du alles zusammengetragen hattest, um Krisztina zu empfangen, wo zwei Menschen, die mir nahestanden, mich so schmachvoll, so stillos und, ja, jetzt empfinde ich das, so banal verraten und betrogen haben. Denn das ist geschehen«, sagt er beiläufig, fast schon gleichgültig und gelangweilt. »Und was die Menschen ›Betrug‹ nennen, das traurige, banale Aufbegehren eines Körpers gegen eine Situation und eine Drittperson, ist im Rückblick beängstigend gleichgültig – ja fast schon mitleiderregend wie ein Mißverständnis oder ein Unfall. Damals verstand ich das noch nicht. Ich stand in der geheimen Wohnung, als nähme ich die Indizien eines Verbrechens in Augenschein, ich starrte auf die Möbel, das französische Bett ... Ja, wenn man jung ist, und die eigene Frau betrügt einen mit dem einzigen Freund, der einem nähersteht als ein Bruder, hat man natürlich das Gefühl, die Welt um einen herum sei zusammengebrochen. Es geht nicht anders, man empfindet das so, denn die Eifersucht, die Enttäuschung, die Eitelkeit können ungeheuer weh tun. Doch das vergeht ... Es vergeht, unbegreiflicherweise und nicht von einem Tag auf den anderen, nein, noch Jahre danach läßt der Zorn nicht locker – und am Ende ist es doch vorbei, genauso wie das Leben. Ich ging ins Schloß zurück, in mein Zimmer, und wartete auf Krisztina. Ich wartete, um sie zu töten oder damit sie die Wahrheit sage und ich verzeihen könnte ... Jedenfalls wartete ich. Bis zum Abend; dann ging ich ins Jagdhaus, denn sie war nicht gekommen. Was vielleicht kindisch war ... Jetzt, im nachhinein, wenn ich über mich und andere urteilen will, sehe ich diesen Hochmut, dieses Warten, dieses Weggehen als etwas Kindisches. Aber so ist man, siehst du, und weder mit Vernunft noch mit Hilfe der Erfahrung kann man viel gegen die eigene Natur und ihre hartnäckigen Vorstellungen tun. Auch du weißt das jetzt. Ich ging ins Jagdhaus, du kennst es ja, nicht weit von hier, und dann sah ich Krisztina acht Jahre lang nicht mehr. Erst als Tote sah ich sie wieder, eines Morgens, als mir Nini ausrichten ließ, ich könne nach

Hause kommen, denn sie sei gestorben. Ich wußte, daß sie krank war, und soviel ich weiß, wurde sie von den besten Ärzten behandelt – sie wohnten monatelang hier im Schloß und taten alles, um sie zu retten, so sagten sie es: ›Nach dem heutigen Stand der Medizin haben wir alles getan.‹ Das sind so Worte. Wahrscheinlich haben sie alles getan, was ihre lückenhaften Kenntnisse ermöglichten, was ihre Großspurigkeit und Eitelkeit nicht verhinderte. Man meldete mir jeden Abend, was im Schloß vor sich ging, acht Jahre lang, schon damals, als Krisztina noch nicht krank war, und dann später, als sie beschloß, krank zu werden und zu sterben. Ich glaube nämlich, daß man so etwas beschließen kann – ich weiß es jetzt sogar ganz sicher. Aber ich konnte Krisztina nicht helfen, weil zwischen uns ein Geheimnis war, das einzige, das man nicht verzeihen kann, das man aber besser nicht vor der Zeit aufbricht, denn man weiß ja nicht, was sich darunter noch verbirgt. Es gibt Schlimmeres als das Leiden und den Tod … schlimmer ist es, seine Selbstachtung zu verlieren. Deshalb hatte ich Angst vor unserem Geheimnis, dem zwischen Krisztina, dir und mir. Es gibt etwas, das so verletzen, weh tun und brennen kann, daß vielleicht nicht einmal der Tod diese Qual aufzulösen vermag: Wenn ein Mensch oder zwei Menschen in einem das Selbstgefühl verletzen, ohne das man nicht Mensch bleiben kann. Eitelkeit, sagst du. Ja, Eitelkeit … Und doch macht dieses Selbstgefühl die tiefe Bedeutung eines Menschenlebens aus. Deshalb fürchtete ich das Geheimnis. Deshalb geht man allerlei Kompromisse ein, auch billige und feige – blick dich unter den Menschen um, und du wirst allenthalben Teillösungen sehen: Der eine verläßt die, die er liebt, weil er das Geheimnis fürchtet, der andere bleibt und schweigt und wartet unablässig auf eine Antwort... Das habe ich gesehen. Das habe ich erlebt. Das ist nicht Feigheit, nein, sondern die letzte Verteidigungsmöglichkeit des Lebensinstinkts. Ich ging nach Hause, wartete bis zum Abend, zog dann ins Jagdhaus und wartete noch acht Jahre lang auf etwas, ein Wort, eine Nachricht. Aber Krisztina ist nicht gekommen. Vom Jagdhaus bis zum Schloß hier sind es im Wagen zwei Stunden. Doch diese zwei Stunden, diese zwanzig Kilometer waren für mich wahrscheinlich räumlich und zeitlich eine größere Distanz als für dich die Tropen. So ist meine Veranlagung, so bin ich erzogen worden, auf diese Art ergaben sich die Dinge. Hätte Krisztina eine Nachricht gesandt – irgendeine Nachricht –, wäre ihr Wille geschehen. Hätte sie gewünscht, daß ich dich zurückhole, wäre ich aufgebrochen, um dich auf der ganzen Welt zu suchen und zurückzuholen. Hätte sie gewünscht, daß ich dich töte, hätte ich dich auch am Ende der Welt gefunden und getötet. Hätte sie die Scheidung gewollt, hätte ich mich scheiden lassen. Aber sie wollte nichts. Denn auch sie war auf ihre Art eine Persönlichkeit, auf weibliche Art, auch sie war verletzt von denen, die sie liebte; von dem einen, weil er vor der Leidenschaft geflohen war, weil er sich nicht an einer schicksalhaften Bindung verbrennen mochte; von dem anderen, weil er die Wahrheit wußte, wartete und schwieg. Auch Krisztina hatte ihren Charakter, in einem anderen Sinn des Wortes, als wir Männer es kennen. Auch mit ihr geschah etwas in diesen Jahren, nicht nur mit dir und mir. Das Schicksal hatte uns berührt und hatte sich an uns vollzogen, und alle drei trugen wir dieses Los. Acht Jahre lang habe ich sie nicht gesehen. Acht Jahre lang ließ sie mich nicht rufen. Vorhin, als ich dich erwartete, um mit dir zu besprechen, was einmal besprochen werden muß, denn es bleibt uns nicht mehr viel Zeit, da habe ich von der Amme etwas erfahren: Ich habe erfahren, daß sie nach mir verlangte, als sie im Sterben lag. Nicht nach dir ... Und das sage ich nicht mit Befriedigung, aber auch nicht ohne, merk dir das wohl. Nach mir hat sie verlangt, und das ist auch etwas, wenn auch nicht viel ... Aber ich habe sie erst als Tote wiedergesehen. Eine schöne Tote. Noch jung, von der Einsamkeit nicht entstellt, und auch die Krankheit hatte ihre besondere Schönheit, die verschlossene, ernste Harmonie ihres Gesichts nicht berührt. Das alles geht dich aber nichts mehr an«, sagt er jetzt hochmütig. »Du lebtest in der Welt draußen, Krisztina starb. Ich lebte in einsamer Beleidigtheit, und Krisztina starb. Sie hat uns beiden nach ihrer Möglichkeit geantwortet; denn, siehst du, wer stirbt, der antwortet richtig und endgültig – manchmal glaube ich schon, daß nur die Toten endgültig antworten können. So war das also. Was anderes hätte sie nach den acht Jahren denn sagen können, als daß sie starb? ... Mehr kann man nicht sagen. Und damit hat sie alle Fragen beantwortet, die du oder ich ihr noch hätten stellen können, falls es sich ergeben hätte, daß sie mit einem von uns beiden reden wollte. Ja, die Toten antworten endgültig. Aber siehst du, sie hat nicht mit uns sprechen wollen. Manchmal denke ich, von uns dreien war sie die Verratene. Nicht ich, den sie mit dir betrog, nicht du, der mich mit ihr betrog – Betrug, was für ein Wort! Es gibt solche Wörter, die seelenlos und automatisch die Situation eines Menschen definieren. Aber wenn alles zu Ende ist, wie jetzt für uns beide, dann können wir mit solchen Wörtern nicht viel anfangen. Betrug, Untreue, Verrat, alles nur Wörter, wenn der Mensch, auf den sie sich beziehen, tot ist, wenn er um der wahren Bedeutung dieser Wörter willen schon Rede und Antwort gestanden hat. Was nicht Wort ist, ist stumme Realität, nämlich die, daß Krisztina tot ist – und wir beide leben. Als ich das begriffen habe, war es schon zu spät. Da blieben nur noch das Warten und der Wunsch nach Rache – jetzt, da das Warten vorbei und die Stunde der Rache gekommen ist, spüre ich überrascht, wie hoffnungslos und wertlos alles ist, was wir voneinander noch erfahren, was wir gestehen oder abstreiten könnten.

Man begreift nur die Realität. Jetzt begreife ich sie. Und das Fegefeuer der Zeit hat die Erinnerung von jeglichem Zorn gereinigt. Jetzt sehe ich Krisztina zuweilen wieder, im Schlaf und auch im Wachen, so wie sie durch den Garten geht, mit einem großen Florentinerhut, schlank, in einem weißen Kleid, sie kommt aus dem Gewächshaus, oder sie spricht zu ihrem Pferd. Ich sehe sie, habe sie auch heute nachmittag gesehen, als ich dich erwartete und dabei kurz einschlief. Ich sah sie im Halbschlaf«, sagt er verschämt, ein alter Mann. »Ich habe Bilder gesehen, aus alten, sehr alten Zeiten. Und ich habe heute nachmittag auch mit dem Verstand begriffen, was ich mit dem Herzen schon lange wußte: die Untreue, den Betrug, den Verrat. Ich habe es verstanden, und was kann ich darüber sagen? ... Man altert langsam: Zuerst altert die Lust am Leben und an den Menschen, weißt du, allmählich wird alles so wirklich, du verstehst die Bedeutung von allem, alles wiederholt sich auf beängstigend langweilige Art. Auch das hat mit dem Alter zu tun. Man weiß, ein Glas ist einfach ein Glas. Und ein Mensch, der Arme, ist auch nur ein sterblicher Mensch, was immer er tut. Dann altert der Körper; nicht auf einmal, nein, zuerst altern die Augen oder die Beine oder das Herz. Man altert in Raten. Und mit einemmal beginnt die Seele zu altern: denn der Körper mag alt geworden sein, die Seele aber hat noch ihre Sehnsüchte, ihre Erinnerungen, noch sucht sie, noch freut sie sich, noch sehnt sie sich nach Freude. Und wenn die Sehnsucht nach Freude vergeht, bleiben nur noch die Erinnerungen oder die Eitelkeit; und dann ist man wirklich alt, endgültig. Eines Tages erwacht man und reibt sich die Augen: Man weiß nicht, wozu man erwacht ist. Man kennt zu gut, was der Tag anzeigt: den Frühling oder den Winter, die Äußerlichkeit des Lebens, das Wetter, die Einteilung des Alltags. Es kann nichts Überraschendes mehr geschehen: Nicht einmal das Unerwartete, Ungewohnte, Schreckliche überrascht einen, weil man alle Wechselfälle kennt, mit allem rechnet, nichts mehr will, weder Gutes noch Schlechtes. Das ist das Alter. Im Herzen lebt noch etwas, eine Erinnerung, irgendwie ein Lebensziel, man möchte jemanden noch einmal wiedersehen, man möchte noch etwas sagen oder erfahren, und man weiß genau, daß der Augenblick dafür kommen wird, aber dann ist es plötzlich nicht mehr so wichtig, die Wahrheit zu erfahren und ihr zu antworten, wie man das in den Jahrzehnten des Wartens angenommen hatte. Allmählich versteht man die Welt, und dann stirbt man. Man versteht die Phänomene und die Beweggründe der Menschen. Die Zeichensprache des Unbewußten ... Denn die Menschen teilen ihre Gedanken in Zeichensprache mit, ist dir das aufgefallen? Als sprächen sie von den wesentlichen Dingen in einer fremden Sprache, auf chinesisch, und man müßte dann diese Sprache in die Sprache der Wirklichkeit übersetzen. Sie wissen nichts über sich selbst. Sie reden immer nur von ihren Bedürfnissen, und dabei stellen sie sich selbst dar, unbewußt und verzweifelt. Das Leben wird beinahe interessant, wenn man die Lügen der Menschen kennengelernt hat, wenn man amüsiert darauf zu achten beginnt, daß sie immer anderes sagen, als sie denken und wirklich wollen... So kommt eines Tages die Erkenntnis der Wahrheit, und sie ist gleichbedeutend mit Alter und Tod. Aber auch das tut nicht mehr weh. Krisztina hat mich betrogen, was für ein läppisches Wort! Und ausgerechnet mit dir hat sie mich betrogen, was für eine armselige Rebellion! Ja, schau mich nicht so erstaunt an: Ich sage es mitleidig. Später, als ich vieles erfuhr und alles verstand, weil die Zeit Überreste von diesem Schiffbruch, verräterische Zeichen, auf meine einsame Insel trieb, da blickte ich mitleidig in die Vergangenheit zurück, und ich sah euch, die beiden Rebellen, meine Frau und meinen Freund, wie ihr, von Schuldgefühlen geschüttelt, in Selbstbezichtigung erstarrt und lodernd vor trotziger Leidenschaft, unglücklich und auf Tod und Leben gegen mich rebelliert... Die Armen! dachte ich. Und das nicht nur einmal. Und ich malte mir Einzelheiten eurer Treffen aus, im Haus am Rand einer Kleinstadt, wo heimliche Treffen fast unmöglich sind, dieses Zusammengesperrtsein wie auf einem Schiff, gleichzeitig dieses peinliche Zur-Schau-Gestelltsein, diese Liebe, die keine ruhige Minute kennt, da alle ihre Schritte, alle ihre Blicke von

Lakaien, Dienstboten und von der ganzen Umgebung mit geducktem Mißtrauen beobachtet werden, dieses Zittern, dieses Versteckspiel mit mir, diese Viertelstunden unter dem Vorwand des Reitens, des Tennisspielens oder der Musik, diese Spaziergänge im Wald, wo meine Jäger auf Wilderer aller Art aufpassen ... Ich stelle mir den Haß vor, der eure Herzen erfüllt, wenn ihr an mich denkt, wenn ihr bei jedem Schritt gegen meine Autorität prallt, die Autorität des Ehemanns, des Gutsherrn, des Adligen, gegen meine gesellschaftliche und finanzielle Überlegenheit, gegen die Schar meiner Diener und gegen das Mächtigste von allem: gegen die Abhängigkeit, die euch jenseits aller Liebe und allen Hasses zu wissen befiehlt, daß ihr ohne mich weder leben noch sterben könnt. Ihr unglücklichen Liebenden, mich konnte man betrügen, aber nicht umgehen; ich mag wohl ein Mensch anderer Art sein, und doch sind wir drei einander verbunden wie die Kristalle nach den Gesetzen der Physik. Und deine Hand, die das Gewehr hält, wird schwach, als du mich eines Morgens töten willst, denn du hältst dieses Gehetztsein, dieses Versteckspiel, all diese Mühseligkeit nicht mehr aus ... Was könntest du denn tun? Mit Krisztina durchbrennen? Du müßtest auf deinen Rang verzichten, du bist arm, Krisztina ist auch arm, von mir könntet ihr nichts annehmen, nein, fliehen kannst du nicht mit ihr, leben auch nicht, heiraten kannst du sie auch nicht, ihr Liebhaber zu bleiben ist lebensgefährlich, noch gefährlicher als der Tod: Fortwährend mußt du damit rechnen, verraten und entlarvt zu werden, du mußt befürchten, mir Rechenschaft geben zu müssen, ausgerechnet mir, dem Freund, dem Bruder. Dieser Gefahr hältst du nicht lange stand. Und da legst du eines Tages, als die Zeit reif und irgendwie zwischen uns spürbar ist, das Gewehr an; und später, wenn ich an diesen Augenblick denke, habe ich immer ehrliches Mitleid mit dir. Es muß eine äußerst schwere und mühevolle Aufgabe sein, jemanden zu töten, der einem nahesteht«, sagt er beiläufig. »Du bist dafür nicht stark genug. Oder der günstige Augenblick geht vorbei, und du kannst nichts mehr machen. Denn das gibt es auch, den günstigen Augenblick – die Zeit bringt und holt die Dinge, von sich aus, es ist nicht nur so, daß wir Taten und Phänomene in die Zeit hineinstellen. Ein einziger Augenblick, ein bestimmter Zeitpunkt mag eine Möglichkeit bringen – ist er vorbei, kannst du nichts mehr machen. Du läßt die Hand mit dem Gewehr sinken. Und reist am anderen Morgen in die Tropen.«

Er prüft aufmerksam seine Fingernägel.

»Wir aber sind dageblieben«, sagt er, noch immer seine Nägel betrachtend, als wäre das wichtiger, »wir, Krisztina und ich, sind dageblieben. Wir sind da, und alles kommt an den Tag, auf die geregelte und geheimnisvolle Art, wie zwischen Menschen eben die Nachrichten laufen, in Wellen, auch dann, wenn keiner über das Geheimnis spricht und es verrät. Alles kommt an den Tag, denn du bist weggegangen, und wir sind dageblieben, am Leben, ich, weil du den Moment verpaßt hast oder weil der Moment dich verpaßt hat – das läuft auf dasselbe hinaus –, und Krisztina, weil sie zunächst nichts anderes tun kann, sie muß warten, und sei es nur, um herauszufinden, ob wir geschwiegen haben, du und ich, die beiden Männer, denen sie verbunden ist und die ihr aus dem Weg gehen: Sie wartet, um die wahre Bedeutung dieses Schweigens zu erkennen und zu verstehen. Und dann stirbt sie. Ich aber bleibe da und weiß alles und weiß etwas doch nicht. Jetzt ist der Augenblick gekommen, da ich die Antwort auf die Frage wissen werde. Antworte, bitte: Wußte Krisztina, daß du mich damals, an jenem Morgen auf der Jagd, töten wolltest?«

Er fragt es sachlich und leise, aber mit einer gespannten Neugier in der Stimme, wie Kinder sie haben, wenn sie von den Erwachsenen die Geheimnisse der Sterne und der fernen Welten zu erfahren hoffen.

18

Der Gast rührt sich nicht. Er hat den Kopf in die Hände gelegt, die Ellenbogen auf die Lehnen des Sessels gestützt. Jetzt atmet er tief ein, beugt sich vor, streicht sich mit der Hand über die Stirn. Er will antworten, aber der General hindert ihn daran: »Verzeih«, sagt er. »Siehst du, jetzt habe ich es ausgesprochen«, fährt er rasch und eifrig fort, als wolle er sich entschuldigen. »Ich mußte es aussprechen, und jetzt, da ich es ausgesprochen habe, fühle ich, daß ich nicht richtig frage, daß ich dich in eine peinliche Lage versetze, denn du willst antworten, willst die Wahrheit sagen, während ich die Frage nicht richtig gestellt habe. Sie klingt wie eine Anklage. Und ich muß zugeben, daß ich in den vergangenen Jahrzehnten den Verdacht nicht ganz loswerden konnte, der Augenblick im frühmorgendlichen Wald sei nicht nur eine Eingebung des Zufalls, der Gelegenheit, der unterweltlichen Stimmen gewesen – nein, mich quält der Verdacht, daß diesem Augenblick andere vorangegangen waren, nüchterne Augenblicke des hellichten

Tags. Denn Krisztina sagte ja: ›Feigling‹, als sie erfuhr, daß du geflohen warst. Mehr sagte sie nicht, und es war das letzte Wort, das ich von ihr hörte; es ist auch das letzte Urteil über dich, das sie ausspricht. Und ich bleibe mit diesem Wort allein. Feigling, warum? ... grüble ich später, viel später. Wozu war er zu feige? Zum Leben? Zu unserem Leben zu dritt oder zu eurem separaten Leben? Zu feige zum Sterben? Wagte er mit Krisztina weder zu leben noch mit ihr zu sterben? Wollte er es nicht? ... So grüble ich. Oder war er doch zu etwas anderem zu feige, nicht zum Leben, nicht zum Sterben, nicht zur Flucht und auch nicht zum Verrat, und auch nicht zu feige dazu, mir Krisztina wegzunehmen, auch nicht dazu, auf Krisztina zu verzichten, nein, sondern einfach zu feige für eine schlichte, polizeilich feststellbare Tat, die sie beide, meine Frau und mein bester Freund, ausgedacht und besprochen hatten? Und ist der Plan gescheitert, weil du zu feige warst? ... Das ist es, worauf ich im Leben doch noch eine Antwort haben möchte. Vorhin aber habe ich nicht richtig gefragt, verzeih mir; deshalb habe ich dich nicht reden lassen, als ich sah, daß du antworten wolltest. Denn vom Standpunkt der Menschheit und des Weltalls ist diese Antwort nicht wichtig, sie ist es aber für mich, einen einzelnen Menschen, der schließlich und endlich doch wissen möchte – nachdem sie, die dich der Feigheit bezichtigt hat, schon zu Staub geworden ist –, der doch wissen möchte, was es war, zu dem du zu feige warst. Denn dann weiß ich die Wahrheit, wenn diese Antwort einen Punkt hinter meine Fragen setzt, und ich weiß nichts, wenn ich diese Einzelheit nicht mit letzter Gewißheit kenne. Ich lebe seit einundvierzig Jahren zwischen Nichts und Alles, und kein Mensch kann mir helfen, außer dir. Ich möchte nicht so sterben. Dann wäre es besser und menschenwürdiger gewesen, wenn du vor einundvierzig Jahren nicht feige gewesen wärst, wie Krisztina feststellte; ja, es wäre menschlicher gewesen, wenn eine Kugel ausgelöscht hätte, was die Zeit nicht auslöschen konnte: den Verdacht, daß ihr beide gemeinsame Sache macht und den Mord an mir plant, den auszuführen du dann zu feige bist. Das möchte ich wissen. Alles andere sind nur Worte, lügnerische Gebilde: Betrug, Liebe, Missetaten, Freundschaft, alles verblaßt vor der Leuchtkraft dieser Frage, wird bleich wie die Toten und die Bilder, über denen die Schatten der Zeit liegen. Mich interessiert nichts mehr, ich will nicht wissen, wie eure Beziehung wirklich war, will die Einzelheiten nicht mehr kennen, das »Warum« und das »Wie« interessieren mich nicht mehr. Zwischen zwei Menschen, zwischen einer Frau und einem Mann, sind das »Warum« und das »Wie« sowieso immer beklagenswert gleich ... Die Konstellation ist von verachtenswerter Schlichtheit. »Darum« und »So«, weil es gerade möglich war und geschehen konnte, das ist die Wahrheit. Es hat keinen Sinn, am Schluß noch nach

Einzelheiten zu forschen. Das Wesentliche, die Wahrheit aber soll und muß man herausfinden wollen, denn wozu hat man sonst gelebt? Wozu hat man einundvierzig Jahre ertragen? Wozu hätte ich dich sonst erwartet – und dich nicht etwa als den treulosen Bruder, den entflohenen Freund erwartet, nein, sondern so erwartet, als sei ich gleichzeitig Richter und Opfer und erwarte den Angeklagten. Und jetzt sitzt er da, und ich frage, und er will antworten. Habe ich aber richtig gefragt, habe ich alles gesagt, was er wissen muß, auch er, der Täter und Angeklagte, wenn er die Wahrheit sagen will? Denn siehst du, auch Krisztina hat geantwortet – nicht nur mit ihrem Tod. Eines Tages, Jahre nach ihrem Tod, habe ich das in gelben Samt gebundene Tagebuch gefunden, das ich in einer Nacht – in einer für dich sehr entscheidenden Nacht, nach dem Tag der Jagd – vergeblich in der Schublade ihres Schreibtisches suchte. Das Buch war irgendwo verschwunden, du bist anderntags abgereist, und ich sprach nie mehr mit Krisztina. Dann ist sie gestorben, du lebtest in der Ferne, ich lebte in diesem Haus, denn ich bin nach Krisztinas Tod hierher zurückgezogen, weil ich in den Zimmern leben und sterben wollte, wo ich zur Welt gekommen war und wo auch meine Vorfahren gelebt haben und gestorben sind. Und so wird es auch sein, denn die Dinge haben ihre Ordnung, die von unserem Willen unabhängig ist. Aber auch das Buch, das in gelben Samt gebundene

Buch, lebte auf seine rätselhafte Art, dieses seltsame ›Buch der Ehrlichkeit‹, dieses beängstigende Geständnis von Krisztinas heimlichem Wesen, ihrer Liebe, ihren Zweifeln, alles in unbedingter Offenheit. Es lebte, und ich habe es an einem viel späteren Tag unter Krisztinas Sachen gefunden, in einer Schachtel, in der sie das auf Elfenbein gemalte Bild ihrer Mutter, den Siegelring ihres Vaters, eine vertrocknete Orchidee – die sie von mir bekommen hatte – und dieses mit einem blauen Band verschnürte Buch aufbewahrte. Sie hatte das Band mit dem Ring ihres Vaters versiegelt. Da ist das Buch«, sagt er, holt es hervor und streckt es seinem Freund entgegen. »Das ist, was von Krisztina geblieben ist. Ich habe das Band nicht aufgeschnitten, denn dafür hatte ich keine schriftliche Ermächtigung, sie hat dieser Hinterlassenschaft keine Gebrauchsanweisung beigelegt, und so konnte ich auch nicht wissen, ob sie dieses Geständnis von jenseits des Grabes mir schickt oder dir. Es ist wahrscheinlich, daß in diesem Buch die Wahrheit steht, denn Krisztina hat nie gelogen«, sagte er streng und ehrfürchtig.

Doch der Freund streckt die Hand nach dem Buch nicht aus.

Den Kopf in den Händen, sitzt er reglos und blickt auf das schmale, gelbsamtene Buch mit dem blauen Band und dem blauen Siegel. Er rührt sich nicht, zuckt nicht mit den Wimpern.

»Willst du, daß wir Krisztinas Botschaft gemeinsam lesen?« fragt der General.

»Nein«, sagt Konrád.

»Willst du es nicht«, fragt der General kalt und überheblich wie ein Vorgesetzter, »oder wagst du es nicht?«

Sie blicken einander über dem Buch lange Sekunden in die Augen; der General hält es Konrád immer noch hin. Und seine Hand zittert nicht.

»Auf diese Frage«, sagt der Gast, »antworte ich nicht.«

»Ich verstehe«, sagt der General in seltsam zufriedenem Ton.

Mit einer langsamen Bewegung wirft er das schmale Buch in die Glut. Sie beginnt dunkel zu glühen, nimmt das Opfer entgegen, saugt das Material des Buchs langsam und rauchend ein, kleine Flammen flackern aus der Asche auf. Sie schauen reglos zu, wie das Feuer auflodert, lebendig wird, gleichsam erfreut über die unerwartete Beute, wie es zu hecheln und zu flimmern beginnt, die Flamme schießt hoch hinauf, der Siegellack ist schon geschmolzen, der gelbe Samt brennt mit bitterem Rauch, die elfenbeingelben Seiten werden von unsichtbarer Hand geblättert, plötzlich scheint zwischen den Flammen Krisztinas Handschrift auf, die spitzen Buchstaben, die eine zu Staub zerfallene Hand einst zu Papier gebracht hat, jetzt werden Buchstaben, das Papier, das Buch zu Asche, der Hand gleich, die einst geschrieben hat. Nur noch schwarze Asche inmitten der Glut, seidig wie Trauerflor aus Moiré.

Darauf schauen sie aufmerksam und wortlos, auf diese schwarzseidene Asche.

»Jetzt«, sagt der General, »kannst du meine Frage beantworten. Es gibt keinen Zeugen mehr, der gegen dich aussagen könnte. Wußte Krisztina, daß du mich damals am Morgen im Wald töten wolltest? Antwortest du? …«

»Jetzt antworte ich auch auf diese Frage nicht mehr«, sagt Konrád.

»Gut«, sagt der General dumpf und irgendwie gleichgültig.

19

Im Raum ist es kalt geworden. Es dämmert noch nicht, aber durch die halboffenen Fenster ist der frische, ein wenig nach Thymian riechende Hauch des frühen Morgens zu spüren. Der General reibt sich fröstelnd die Hände.

Jetzt, in der Stunde vor Tagesanbruch, wirken beide sehr alt. Gelb und knochig wie die klapprigen Bewohner der Beinhäuser.

Unvermittelt hebt der Gast mit einer mechanischen Bewegung die Hand und blickt müde auf seine Armbanduhr.

»Ich glaube«, sagt er leise, »daß jetzt alles besprochen ist. Es ist Zeit, daß ich gehe.«

»Wenn du gehen willst«, sagt der General höflich, »bitte, der Wagen wartet.«

Beide stehen auf und treten unwillkürlich zum Kamin, sie beugen sich vor, um ihre mageren Hände an der Glut des abgebrannten Feuers zu wärmen. Sie merken erst jetzt, daß sie durchfroren sind; die Nacht ist unerwartet kalt geworden, das Gewitter, das im nahen

Elektrizitätswerk die Lichter gelöscht hat, ist nahe beim Schloß vorbeigezogen.

»Du gehst also nach London zurück«, sagt der General, als spräche er zu sich selbst.

»Ja«, sagt der Gast.

»Willst du dort leben?«

»Leben und sterben«, sagt Konrád.

»Ja«, sagt der General. »Natürlich. Möchtest du nicht morgen noch bleiben? Etwas anschauen? Jemanden treffen? Du hast das Grab noch nicht gesehen. Und Nini auch nicht«, sagt er zuvorkommend.

Er spricht stockend, als suche er zum Abschied die richtigen Worte und fände sie nicht. Doch der Gast bleibt ruhig und freundlich.

»Nein«, sagt er. »Ich möchte niemanden und nichts sehen. Ich lasse Nini grüßen«, sagt er höflich.

»Danke«, sagt der General. Und sie gehen zur Tür.

Der General legt die Hand auf die Klinke. So stehen sie einander gegenüber, nach gesellschaftlicher Sitte, ein wenig vorgebeugt, zum Abschied bereit. Beide blicken sich noch einmal im Zimmer um, das sie – beide spüren es – nie mehr betreten werden. Der General zwinkert dabei mit den Augen, als suche er etwas.

»Die Kerzen«, sagt er zerstreut, als sein Blick an den rauchenden Kerzen auf dem Kaminsims hängenbleibt. »Sieh nur, die Kerzen sind ganz heruntergebrannt.«

»Zwei Fragen«, sagt Konrád dumpf und unvermittelt. »Du hast zwei Fragen erwähnt. Was ist die andere?«

»Die andere?« sagt der General. Sie beugen sich zueinander wie zwei Komplizen, die sich vor den nächtlichen Schatten fürchten und auch davor, daß die Wände Ohren haben könnten. »Die zweite Frage?« wiederholt er flüsternd. »Aber du hast ja schon die erste nicht beantwortet ... Schau«, sagt er ganz leise, »Krisztinas Vater hat mir vorgeworfen, daß ich überlebt habe. Überhaupt alles überlebt, das meinte er. Denn man antwortet nicht nur mit seinem Tod. Der ist eine gute Antwort. Man antwortet auch damit, daß man überlebt. Wir beide haben diese Frau überlebt«, sagt er vertraulich. »Du, indem du weggegangen bist, ich, indem ich dageblieben bin. Wir haben überlebt, feige oder blind, beleidigt oder klug, jedenfalls haben wir überlebt. Und meinst du nicht, daß wir dafür Gründe hatten? Meinst du nicht, daß wir ihr auch über das Grab hinaus eine Verantwortung schuldig sind, ihr, die doch mehr, doch menschlicher war als wir beide – mehr, weil sie gestorben ist und uns beiden also geantwortet hat, während wir am Leben geblieben sind, und das läßt sich nicht beschönigen. Das sind Tatsachen. Wer jemanden überlebt, ist immer ein Verräter. Wir hatten das Gefühl, wir müßten am Leben bleiben, und das läßt sich nicht beschönigen, denn sie ist darüber gestorben. Darüber, daß du weggegangen bist, darüber, daß ich dageblieben, aber nie auf sie zugegangen bin, darüber, daß wir zwei Männer, zu denen sie gehörte, niederträchtiger, stolzer, feiger, hochmütiger und schweigsamer waren, als es eine Frau ertragen kann; wir sind vor ihr geflohen und haben sie mit unserem Weiterleben verraten. Das ist die Wahrheit. Das sollst du wissen, in London, in deiner letzten, einsamen Stunde, wenn alles zu Ende ist. Ich in diesem Haus werde es auch wissen: Ich weiß es schon jetzt. Jemanden überleben, den man so liebte, daß man um seinetwillen auch hätte töten können, jemanden überleben, der einem auf Tod und Leben nahestand, das ist eine der heimlichen, nicht festzumachenden Straftaten des Lebens. Die Gesetzesbücher kennen sie nicht. Wir beide aber schon«, sagt er trocken. »Und wir wissen auch, daß wir mit unserer ganzen beleidigten, feigen, hochmütigen Klugheit nicht gewonnen haben, denn sie ist tot, und wir leben, und wir drei gehören zusammen, so oder so, im Leben wie im Tod. Das ist sehr schwer zu verstehen, und wenn man es versteht, überkommt einen eine seltsame Unruhe. Was wolltest du damit, daß du sie überlebtest, was hast du damit gewonnen? ... Hast du dir peinliche Situationen erspart? Was sind schon Situationen, wenn es um die Wahrheit des Lebens geht, darum, daß auf Erden eine Frau lebt, die dich angeht, und daß diese Frau die Gattin des Mannes ist, der dich als dein Freund ebenso angeht? ... Fällt da noch ins Gewicht, was die Menschen darüber denken? Nein«, sagt er einfach. »Am Ende zählt die Welt überhaupt nicht. Sondern nur das, was in unseren Herzen bleibt.«

»Was bleibt in unseren Herzen?« fragt der Gast.

»Die zweite Frage«, antwortet der General. Er läßt die Türklinke nicht los. »Die zweite Frage, nämlich: was wir mit unserer Klugheit, unserem Hochmut und unserer Überheblichkeit gewonnen haben. Das ist die zweite Frage: ob der wahre Inhalt unseres Lebens nicht ebendiese qualvolle Sehnsucht nach einer toten Frau war. Eine schwere Frage, ich weiß. Ich kann sie nicht beantworten. Ich habe alles erlebt, alles gesehen, aber diese Frage kann ich nicht beantworten. Ich habe den Frieden gesehen, ich habe den Krieg gesehen, ich habe Glanz und Elend gesehen, ich habe gesehen, wie du feige warst und ich hochmütig, ich habe Kampf und Versöhnung gesehen. Doch im Grunde unseres Daseins lag vielleicht der Sinn aller unserer Handlungen in der Bindung, die uns an jemanden fesselte – Bindung oder Leidenschaft, nenn es, wie du willst. Ist das die Frage? Ja, das ist sie. Ich möchte, daß du mir sagst«, er spricht so leise, als fürchte er, hinter ihm höre jemand mit, »wie du hierüber denkst. Glaubst auch du, daß der Sinn des Lebens einzig in der Leidenschaft besteht, die eines Tages in unsere Herzen, Seelen und Körper fährt und dann auf ewig brennt? Was immer zwischendurch geschehen mag? Und wenn wir das erlebt haben, haben wir dann vielleicht doch nicht umsonst gelebt? Ist die Leidenschaft so tief, so grausam, so großartig, so unmenschlich? ... Und gilt sie vielleicht gar nicht einer Person, sondern nur der Sehnsucht? ... Das ist die Frage. Oder gilt sie vielleicht doch einer Person, immer und ewig nur jener einen, geheimnisvollen Person, die gut oder schlecht sein mag, wobei die Intensität der Leidenschaft, die uns an sie bindet, nicht von ihren Eigenschaften und Handlungen abhängt? Antworte, wenn du kannst«, sagt er lauter, fordernd.

»Warum fragst du mich?« sagt der andere ruhig. »Du weißt genau, daß es so ist.«

Und sie mustern einander von Kopf bis Fuß.

Der General atmet schwer. Er drückt die Klinke hinunter. Im großen Treppenhaus flattern Schatten auf, schwanken Lichter. Sie gehen wortlos die Treppe hinunter, Diener eilen ihnen entgegen, mit Kerzen, mit dem Mantel und dem Hut des Gastes. Auf dem weißen Kies vor der Flügeltür knirschen Wagenräder. Sie verabschieden sich wortlos voneinander, mit stummem Händedruck, und beide verbeugen sich tief.

20

Der General geht zu seinem Zimmer. Am Ende des Gangs erwartet ihn die Amme.

»Bist du jetzt ruhiger?« fragt sie.

»Ja«, sagt der General.

Sie gehen zusammen auf das Zimmer zu. Die Amme mit flinken kleinen Schritten, als sei sie gerade aufgestanden und eile ans frühmorgendliche Werk. Der General bewegt sich langsam, auf seinen Stock gestützt. Sie gehen durch die Gemäldegalerie. Vor dem leeren Fleck, der den Platz von Krisztinas Porträt anzeigt, bleibt der General stehen.

»Jetzt kannst du«, sagt er, »das Bild wieder zurückhängen.«

»Ja«, sagt die Amme.

»Es hat keine Bedeutung«, sagt der General.

»Ich weiß.«

»Gute Nacht, Nini.«

»Gute Nacht.«

Die Amme reckt sich in die Höhe und macht mit ihrer kleinen Hand, an deren Knochen die Haut gelb und faltig klebt, das Kreuzzeichen auf die Stirn des Greises. Sie geben sich einen Kuß. Es ist ein ungeschickter, kurzer, merkwürdiger Kuß: Wenn ihn jemand sähe, müßte er lächeln. Aber wie jeder Kuß ist auch dieser eine Antwort, eine unbeholfene, zärtliche Antwort auf eine Frage, die nicht in Worte zu fassen ist.

Nachwort

Ein Thema, eine Hauptperson, ein Monolog: das Buch scheint aus einem Guß geschrieben, und doch spiegelt der Roman das zersplitterte Leben seines Autors. Ein Leben, von den historischen Ereignissen direkt beeinflußt: Sándor Márai, geboren 1900 am Zusammenfluß deutscher und ungarischer Kultur, in Kaschau (ungarisch Kassa), das nach dem Ersten Weltkrieg an die Tschechoslowakei fällt. In Budapest, wo er seine Studienzeit beginnt, stehen die Zeichen ebenfalls auf radikaler Veränderung – von der Monarchie zur linksgerichteten Räterepublik zum rechtsgerichteten Horthy-Regime; Márai hat das Gefühl, vor seinen Augen »falle alles auseinander«. Er verläßt Ungarn, belegt Kurse am Leipziger Institut für Zeitungskunde, zieht weiter nach Frankfurt am Main, wo er für die *Frankfurter Zeitung* zu schreiben beginnt – auf deutsch: aus einer geadelten sächsisch-mährisch-ungarischen Bürgerfamilie stammend, ist Márai in der deutschen und der ungarischen Sprache gleicherweise zu Hause. Nach einem Aufenthalt in Berlin zieht er 1923 zusammen mit seiner ebenfalls aus Kaschau stammenden jungen Frau nach Paris. Von dort berichtet er weiter für die *Frankfurter Zeitung*, führt ein westeuropäisches Nomadenleben, liest die großen Zeitgenossen, von denen er Kafka, Trakl, Benn, Lasker-Schüler ins Ungarische übersetzen wird. Aus seiner Feder stammt auch die erste ungarische Würdigung Kafkas, die 1922 in der Kaschauer Zeitung erscheint. 1927 legt er einen Bericht von seinen Reisen im Nahen Orient vor: *Auf den Spuren der Götter. Der Roman einer Reise*. In seiner 1930 erschienenen Gedichtsammlung heißt es aber: »... auf einem dunklen Platz in Luxor brach ich in Tränen aus, weil mich ein Araber auf ungarisch ansprach, und manchmal gab ich Franzosen grobe Antworten und schrie, ich sei Ungar, was zum Teufel denn sonst?«

Also zurück nach Ungarn, um in dieser Sprache zu schreiben – nicht etwa, um ein Heimatgefühl zu pflegen, das endgültig verloren ist. Es beginnt ein höchst arbeitsames Schriftstellerleben: Lyrik, Prosa, Dramen und, Márais Spezialität, publizistisch-essayistische Werke wie *Die Schule der Armen* (1933) oder *Land, Land* (ein Teil des Tagebuchs von 1945–47, erschienen 1971 in Toronto), in denen er mit unbestechlicher Luzidität den mitteleuropäischen Stand der Dinge kommentiert und mit seinem eigenen Gefühl der doppelten Fremdheit vergleicht, das sich in Ungarn genauso wie im Ausland manifestiert. Mit den autobiographisch gefärbten *Bekenntnissen eines Bürgers* (1934) kommt der erste große Erfolg. Ein geachteter zeitgenössischer Kritiker schreibt: »Womit läßt sich die wachsende Popularität dieses demonstrativ einsamen Schriftstellers erklären? Doch wohl mit der Tatsache, daß auf dem Grunde seiner Texte existentielle Fragen stehen.«

Fragen, wie sie in der *Glut* (1942 erschienen) nachdrücklich thematisiert sind, und das um so nachdrücklicher, als hinter dem einheitlichen – einheitlich rhythmischen und plastischen – Stil eine Mehrzahl von Meinungen, Sprachen, Weltanschauungen und auch Erzähltechniken verborgen sind. Der General selbst, Protagonist und über eine weite Strecke Erzähler der Geschichte und also scheinbar im Mittelpunkt fixiert, ist schwer auf eine Identität festzulegen. Einmal scheint er der Doppelgänger seines kernigen Vaters, dann wieder ist er von seinem Freund Konrád kaum zu unterscheiden. Ist nicht überhaupt er als ein Konrád angelegt, ist nicht der zarte, übersensible Junge noch eher als der krampfhaft disziplinierte Freund zum Künstler bestimmt? Konrád, gleich dreifach in den Blick gerückt – als eine Möglichkeit des Generals, als Zuhörer und Gegenstand der Rede –, ist nicht in dem Maß der »geheimnisvolle andere« wie der Redende selbst, der bis zuletzt zwischen verschiedenen Lebens- und Selbstentwürfen schwankt. Was ist er? Ein banaler Traditionalist, der monomanisch an der »Ehre« und an antiquierten Vorstellungen festhält (Freundschaft, eine Männersache; wenn eine Frau »jemand« ist, dann doch nur auf »weibliche Art«)? Oder ist er so unkonventionell, wie man es von einem doppelt Betrogenen überhaupt erwarten kann? Ist er ein Hersager von Gemeinplätzen oder einer, der sich zu dem Punkt durchzudenken vermag, an dem ihm sein betrügerischer, verbrecherischer Freund immer noch liebenswert und interessant erscheint? Und was will er? Daß Konrád redet? Oder nicht viel eher, daß Konrád schweigt? Versucht er sich nicht gerade zu diesem Zweck in mancher Sprache: in der pathetischen, der unterkühlten, der redundanten, der verknappten, der phrasenhaften, der sich selbst reflektierenden?

Konrád soll nicht zu Wort kommen, vielleicht weil er sich schon mit dem wenigen, das er sagt, als Identifikationsfigur des Autors legitimiert, der ihm einen poetischen, rhythmischen, evokativen Text (den Bericht von den Tropen) zu sagen gibt, wie er im Zusammenhang der Geschichte vielleicht gar nicht so attraktiv klingen dürfte. Was soll man von den beschworenen, scheinbar so ehernen Prinzipien halten, wenn Konrád mit einem Wort die Perspektiven verwirrt und die Fragen des Generals für einen Augenblick aufs Nebengeleise schiebt? Daß die grundlegenden Fragen – nach der Treue, der Freundschaft, dem Sinn des Lebens – doch wieder in den Blick rücken, verdanken sie gerade der schillernden Persönlichkeit des Generals. Wäre er nicht so vielgestaltig, nähme seine Behauptung, das eigene Leben sei die Antwort, seinem Reden den Sinn. So aber, indem er sich redend immer aufs neue entwirft, bleibt die Spannung erhalten, die nicht in Konráds Entlarvung, nicht in einem Racheakt kulminiert, sondern in der Einsicht, daß zwar das eigene Leben die Antwort darstellt, aber erst, nachdem es den Fragen entsprechend gelebt worden ist. Die zweite, scheinbar weniger wichtige, nur noch zufällig gestellte Frage des Generals – hat nicht die Sehnsucht nach einer Toten dem Leben Würze und Sinn verliehen? – ist der eigentliche Höhepunkt des Buches.

Viele Leben – viele Antworten: ob die Gleichung für Márai selbst aufgegangen ist, bleibt zu bezweifeln. Trotz nunmehr großer Popularität – Márai war zu seiner Zeit einer der wenigen Autoren, die das Lebensgefühl einer breiten Bevölkerungsschicht trafen, und nicht nur trafen, sondern auch beeinflußten – verläßt er 1948, angewidert von der beginnenden Diktatur, Ungarn erneut, um sich zuerst in Neapel niederzulassen, dann ab 1952 in New York: »Interessante Stadt. Schade, daß sie sich nicht eignet, von Menschen bewohnt zu werden.« 1968 wieder in Italien: in Salerno, wo Márai, jetzt schon amerikanischer Staatsbürger, mehr als zehn Jahre lebt, bis er 1979 in die Vereinigten Staaten zurückkehrt, nach San Diego. In diesen Jahren entstehen Romane in ungarischer Sprache mit parabelhaft und stilisiert behandelten historischen, biblischen und mythologischen Themen. Nach wie vor hat Márai ein großes Echo – in der Diaspora wie auch in Ungarn selbst, wo seine Bücher zwar verboten sind, aber doch gelesen werden. Daneben führt er das 1943 begonnene Tagebuch, das nicht nur quantitativ, sondern auch qualitativ einen bedeutenden Platz in seinem Werk einnimmt, bis 1983 weiter und arbeitet den 1931–47 entstandenen mehrbändigen Roman *Das Werk der Garrens* inhaltlich und stilistisch um.

Es sind Jahre der Einsamkeit, Márai mag sich keiner der Gruppierungen von Exilungarn anschließen, er schlägt auch die Einladungen aus, die der ungarische Schriftstellerverband, im Zeichen des politischen Tauwetters, an ihn ergehen läßt, und untersagt die Aufführung seiner Dramen und die Publikation seiner Werke in Ungarn. Schon in *Himmel und Erde*, seinen 1942 erschienenen Betrachtungen, steht: »Mag sein, daß die Einsamkeit den Menschen zerstört, so wie sie Pascal, Hölderlin und Nietzsche zerstört hat. Aber dieses Scheitern, dieser Bruch sind eines denkenden Menschen noch immer würdiger als die Anbiederung an eine Welt, die ihn zuerst mit ihren Verführungen ansteckt, um ihn dann in den Graben zu werfen ... Bleib allein und antworte ...«

1989, kurz bevor eine politische Wende neue Antworten gefordert hätte, nimmt sich Márai, völlig vereinsamt und literarisch nicht mehr tätig, in San Diego das Leben. Nach genau den einundvierzig Jahren des Wartens auf eine mögliche Rückkehr, wie sie in diesem Buch so oft beschworen werden.

Rom, Frühjahr 1999 *Christina Viragh*

Sándor Márai

Bekenntnisse eines Bürgers

Erinnerungen

Aus dem Ungarischen von Hans Skirecki. Herausgegeben von Siegfried Heinrichs. 420 Seiten. SP 3081

»Bekenntnisse eines Bürgers«, 1934 erschienen, ist die beeindruckende Selbstbiographie eines Europäers, der 1900 in der Provinz der Donaumonarchie als Sohn deutschstämmiger Ungarn geboren wurde. Feinsinnig und amüsant schildert er seine Kindheit und Jugend im Städtchen Kaschau. Seismographisch genau zeichnet er dann den Zusammenbruch der alten Ordnung im Ersten Weltkrieg auf und schließt seine Studien- und Wanderjahre in Deutschland, Frankreich, Italien und England an, nun an seiner Seite Lola, die er, mittellos, aber gierig nach dem »ernsthaften Leben«, noch als ganz junger Mann heiratete. Seine Begegnungen mit Künstlern, Schriftstellern und Schauspielern der wilden zwanziger Jahre führen den Narrenreigen der Bohème seiner Zeit vor allem in Berlin vor. Sándor Márais feine Lakonie, sein warmer Humor, die Eleganz und Brillanz seiner Sprache einerseits, die präzise Beobachtung und kühle Distanz seiner Erzählhaltung andererseits stellen ihn an die Seite von Autoren wie Elias Canetti, Gregor von Rezzori oder Max Aub, wurzellose Europäer mit enormer erzählerischer Kraft.

»Die ›Bekenntnisse‹ sind von einer Wahrhaftigkeit, die das Leiden bis zum Kippmoment unerträglicher Intensität vorantreibt. Erst dort, am Boden eines scheinbar zerstörten Lebens, beginnt der Aufstieg.«
Frankfurter Allgemeine Zeitung

Stephan Krawczyk

Bald

Roman. 361 Seiten. SP 2859

Der junge Familienvater Roman Bald ist ein sympathischer Taugenichts und Arbeitsverweigerer. In seiner provinziellen Heimatstadt gilt er als verrückter Spinner. Als Mitglied der »Gesellschaft zur Bewahrung des Großen Kanons« kann er seiner etwas ungewöhnlichen Leidenschaft nachgehen, nämlich Wörter sinnstiftend zusammenzufügen. Überall im Land brüten die Teilnehmer über den regelmäßig verschickten Rätselbriefen und suchen bei ihren Treffen gemeinsam nach der Lösung. Was sie nicht wissen: Ihr harmloses Treiben beunruhigt die Obrigkeit, und aus dem Spiel wird bald bitterer Ernst... Mit einer ganz eigenen Poesie und einem liebevollen Blick für die Geschicke der kleinen Leute erzählt Stephan Krawczyk vom Abenteuer, widerspenstig zu sein.

Radek Knapp

Franio

Erzählungen. 160 Seiten. SP 3187

Das Kaff Anin, fünfzig Kilometer von Warschau entfernt, ist für seine Bewohner der Mittelpunkt der Welt. Um Anin hat der Fortschritt gottlob noch einen großen Bogen gemacht, hier spannt der Grashändler Kossa noch seine Stute vor den Karren, näht der Schuster Muschek die Stiefel noch wie anno dazumal, und obwohl in den Häusern schon Fernsehapparate stehen, ist die Anteilnahme der Menschen am Leben der Nachbarn noch höchst lebendig. Sie zelebrieren Freundschaft und Fehden und lassen die Zeit stillstehen, wenn einer ins Fabulieren kommt. Dem Herumtreiber Franio hängen sie ebenso an den Lippen wie dem Mechaniker Lukas, dessen Weltuntergangsphantasien einen guten Vorwand liefern, die Triebenergien noch rasch in lustverheißende Bahnen zu lenken.

Michael Köhlmeier

Telemach

Roman. 491 Seiten. SP 2466

Mit der Geschichte des Odysseus begann vor 2800 Jahren die europäische Literatur. Daß dieses alte Epos vom Mann, der durch die Welt irrt, von der Frau, die auf ihn wartet, und vom Sohn, der nach ihm sucht, bis heute lebendig ist, beweist Michael Köhlmeier in seiner wunderbaren Neuerzählung. Ohne Anstrengung schlägt diese Geschichte einen Bogen von der Antike in unsere heutige Zeit.
Im Mitttelpunkt steht Telemach, Sohn des Odysseus, der seinen Vater nie gesehen hat. Inzwischen ist er zwanzig Jahre alt, und der Krieg, in den sein Vater zog, ist längst vorbei. Im Haus des Odysseus haben sich die Freier breitgemacht. Sie werben um die schöne Penelope, die Gattin des Verschollenen. Telemach sieht dem Treiben der Freier mit Verzweiflung, aber hilflos zu …

»Federnder Witz und schäumende Fabulierlust machen diese verfremdete Zeitexpedition zur waren Lese-Lust-Wandelei.«
Focus

Kalypso

Roman. 445 Seiten. SP 2947

Kalypso, die verführerische Nymphe, braucht keinen Zauber und keine Gewalt, um den unglücklichen Schiffbrüchigen auf ihrer Insel Ogygia zu halten: Odysseus ist ihr verfallen. Wenn er für immer bei ihr bliebe, so verspricht ihm Kalypso, werde sie ihn unsterblich machen. Die Unsterblichkeit ist ein großes Versprechen und unsterbliche Liebe ein noch größeres. Zerrissen zwischen der Sehnsucht nach der Heimat, der Gattin Penelope, dem Sohn Telemach und der Begierde nach Kalypso, kann Odysseus sich nicht entscheiden.
Welch epochale Kraft und tiefbewegende Lebendigkeit heute noch in dem homerischen Epos von den Irrfahrten des Odysseus stecken, beweist Michael Köhlmeier auch in seinem zweiten, furiosen Roman über den größten Stoff der Weltliteratur. Mit Witz, unerreichter Kunstfertigkeit und kühner Raffinesse erzählt er dabei von Liebe und Tod, Verführung und Gewalt, von Glück und tragischer Verstrickung.

Michael Köhlmeier

Sagen des klassischen Altertums
189 Seiten. SP 2371

Die Begriffe sind jedem geläufig: vom Ödipus-Komplex bis zur Achilles-Ferse, von den Tantalos-Qualen bis zum Trojanischen Pferd oder zum Danaer-Geschenk, was übrigens genau dieses Pferd ist. Aber wer kennt noch all die Sagen und Geschichten wirklich, aus denen sie stammen? Wer hat heute noch die griechische Mythologie im Kopf? – Jene wundervollen Geschichten, auf denen soviel in unserer abendländischen Kultur basiert? Homer hat sie uns überliefert, und Köhlmeier erzählt sie uns neu – und ganz anders, als es Gustav Schwab tat.

Michael Köhlmeiers neue Sagen des klassischen Altertums von Eos bis Aeneas
222 Seiten. SP 2372

Michael Köhlmeiers neue Sagen des klassischen Altertums von Amor und Psyche bis Poseidon
215 Seiten. SP 2609

Die Nibelungen neu erzählt
127 Seiten. SP 2882

Vor achthundert Jahren entstand das Nibelungenlied. Michael Köhlmeier hat mündlich und frei seine Geschichten neu erzählt – vom jungen Königssohn Siegfried, seiner Werbung um Kriemhild, die schöne Schwester der Burgundenkönige, von ihrer Hochzeit am Hof zu Worms, von Siegfrieds Ermordung durch Hagen und schließlich von Kriemhilds furchtbarer Rache. Die abenteuerliche und märchenhafte Geschichte, wie Siegfried das Schwert Balmung bekommt, den Hort der Nibelungen erobert und dem Zwerg Alberich die Tarnkappe abgewinnt, sein Bad im Blut des Drachen, den er erschlagen hat, gehört zum klassischen Sagenschatz des Abendlandes – und ist erst der Anfang dieses Heldenepos, das Köhlmeier bis hin zum dramatischen und blutigen Fortgang der Ereignisse am Hof von König Etzel lebendig werden läßt.

Tantalos oder Der Fluch der bösen Tat
157 Seiten mit 14 Zeichnungen von Alfred Hrdlicka. SP 2997

SERIE PIPER

Michael Köhlmeier

Die Musterschüler

Roman. 570 Seiten. SP 1684

Michael Kohlmeier hat Schuld und Scham, Macht und Moral nicht pathetisch hochstilisiert. Vielmehr wickelt er den vielfach verknoteten Handlungsfaden straff, ja flott ab und genießt komische Situationen und witzige Pointen. Sein Stil ist elastisch, mal trocken-lakonisch, manchmal auch bildhaft-mehrdeutig. Und, was am wichtigsten ist, er legt seine genau beobachteten und präzise charakterisierten Figuren nicht fest, sondern läßt ihnen den Spielraum, sich zu verändern.«
Frankfurter Allgemeinen Zeitung

Dein Zimmer für mich allein

Erzählungen. 110 Seiten. SP 2601

Die Figur

Die Geschichte von Gaetano Bresci. Königsmörder. 135 Seiten. SP 1042

»... eine präzise kleine Studie über die Einsamkeit des Menschen bei der Tat.«
Südddeutsche Zeitung

Spielplatz der Helden

Roman. 348 Seiten. SP 1298

Trilogie der sexuellen Abhängigkeit

123 Seiten. SP 2547

Der Peverl Toni

und seine abeuteuerliche Reise durch meinen Kopf. Roman. 341 Seiten. SP 381

Der Unfisch

Eine Erzählung. 128 Seiten mit 16 Seiten Filmfotos. SP 2765

Calling

Erzählung. 95 Seiten. SP 2918

Rosetta Loy

Winterträume

Roman. Aus dem Italienischen von Maja Pflug. 274 Seiten. SP 2392

»Musterbeispiel eines Frauenromans – nicht, weil er von einer Frau geschrieben wurde, sondern weil er das Leben und die Welt aus einem unverwechselbar weiblichen Blickwinkel betrachtet… Rosetta Loy hat ein Buch geschrieben, das in die Literaturgeschichte eingehen wird.«

Frankfurter Allgemeine

Straßen aus Staub

Roman. Aus dem Italienischen von Maja Pflug. 304 Seiten. SP 2564

Ein altes Haus im Piemont Ende des achtzehnten Jahrhunderts, zweistöckig, mit Nußbaum, Brunnen und Allee, mit Heuschober und Ställen. Hier spielt die Geschichte, die vom Leben, Lieben und Sterben einer Familie erzählt. Das Haus wird neu gestrichen, ist hell und voller Erwartung, als Giuseppe Maria ins Haus holt. Beklemmende Stille breitet sich aus, als Fantina, Marias Schwester, drei Jahre lang an Giuseppes Bett sitzt und ihn pflegt, bis er stirbt. Das große Familienepos nimmt seinen Lauf über drei Generationen – sinnenfroh und tragisch, skurril und mitreißend.

Schokolade bei Hanselmann

Roman. Aus dem Italienischen von Maja Pflug. 288 Seiten. SP 2630

Hauptschauplatz von Rosetta Loys meisterhaftem Roman ist eine elegante Villa in den Engadiner Bergen, in der sich während des Zweiten Weltkriegs ein leidenschaftliches Familiendrama abspielt. Die schönen Halbschwestern Isabella und Margot lieben beide denselben Mann, den charismatischen jüdischen Wissenschaftler Arturo.

»In den Romanen und Erzählungen von Rosetta Loy dürfen die Ereignisse sich entfalten in dem weiten Raum, den die Autorin für sie erschafft. Ein Raum, der gleichermaßen Platz hat für Verfolgung und Tod wie für einen Blick, der zwei Menschen entzündet.«

Süddeutsche Zeitung

Im Ungewissen der Nacht

Erzählungen. Aus dem Italienischen von Maja Pflug. 236 Seiten. SP 2370

SERIE PIPER

Javier Marías

Der Gefühlsmensch

Roman. Mit einem Nachwort des Autors. Aus dem Spanischen von Elke Wehr. 178 Seiten. SP 2459

Der Icherzähler, ein berühmter Operntenor, erinnert sich an Ereignisse, die vier Jahre zurückliegen und von denen er nicht mehr sicher ist, ob er sie erlebt oder geträumt hat. Er war während einer Zugfahrt drei Personen begegnet: der schönen, melancholischen, jungen Natalia und ihrem despotischen Ehemann, einem belgischen Bankier, nebst dem geheimnisvollen Begleiter Dato. Bald darauf trifft er das seltsame und eindrucksvolle Trio wieder in einem Madrider Hotel. Während der Sänger die Rolle des Cassio in Verdis »Otello« einstudiert, entsteht eine Beziehung zu Natalia. Doch sie ist immer in Begleitung von Dato, der ganz offensichtlich die Aufgabe hat, seine unglückliche Herrin zu zerstreuen, während der Gatte seinen Geschäften nachgeht. Auch andere Figuren aus dem Leben des Erzählers tauchen in seiner Erinnerung auf, darunter seine frühere Geliebte Berta oder die Hure Claudina, die dazu beitragen, den immer enger werdenden Kreis seiner wachsenden Leidenschaft für Natalia zu schließen – einer Leidenschaft, deren Ende ebenso unausweichlich wie dramatisch und überraschend ist.

»Ich glaube, das ist einer der größten im Augenblick lebenden Schriftsteller der Welt.«
Marcel Reich-Ranicki

»Denn das ist über seine literarische Bravour hinaus die eigentliche Sensation des Buchs: daß es die moralische Heuchelei unserer Zeit entlarvt und die Gewichte von Gut und Böse radikal anders verteilt.«
Frankfurter Allgemeine Zeitung

Dacia Maraini

Bagheria

Eine Kindheit auf Sizilien. Aus dem Italienischen von Sabina Kienlechner. 171 Seiten. SP 2160

»›Bagheria‹ ist ein schönes und kluges Buch, ganz fern von allen Klischeevorstellungen vom Tourismus-Sizilien, und dazu ein Buch über eine Vielzahl eigenwilliger und begabter Frauen ...«

Die Presse

Die stumme Herzogin

Roman. Aus dem Italienischen von Sabina Kienlechner. 342 Seiten. SP 1740

»Ein vollkommen geglückter Roman, der ein faszinierendes Frauenleben einer längst untergegangenen Epoche ausbreitet, vor allem aber eine überaus kundige und bewegende Liebeserklärung an das alte Sizilien.«

Die Presse, Wien

Liebe Flavia

Roman. Aus dem Italienischen von Viktoria von Schirach. 210 Seiten. SP 2982

»Es ist der Kinderblick der Erzählerin, der dem Buch den Ton, die Spannung und auch die Weisheit gibt.«

Henning Klüver

Stimmen

Roman. Aus dem Italienischen von Eva-Maria Wagner und Viktoria von Schirach. 406 Seiten. SP 2462

»Man möchte Dacia Maraini mit ihrer leicht unterkühlten, stets ein wenig ironischen Schreibweise in eine Reihe stellen mit den großartigen englischsprachigen Kriminalschriftstellerinnen.«

Literatur heute

Nachforschungen über Emma B.

Aus dem Italienischen von Sigrid Vagt. 233 Seiten. SP 2649

Wer war Emma Bovary wirklich? Dieser Frage geht Dacia Maraini nach und wirft ein völlig neues Licht auf den Roman.

Erinnerungen einer Diebin

Roman. Aus dem Italienischen von Maja Pflug. Mit einem Nachwort von Heinz Willi Wittschier. 383 Seiten. SP 1790

Fasziniert von der unkonventionellen Art Teresas beschloß Dacia Maraini 1972 über die »Diebin«, die sie bei einem Gefängnisbesuch in Rom kennenlernte, ein Buch zu schreiben.

SERIE PIPER

Anita Shreve

Das Gewicht des Wassers

Roman. Aus dem Amerikanischen von Mechtild Sandberg.
292 Seiten. SP 2840

»Anita Shreve ist eine clevere Mischung aus schaurigem Kriminalfall und psychologisch ausgefeiltem Beziehungsdrama gelungen.«
Der Spiegel

Gefesselt in Seide

Roman. Aus dem Amerikanischen von Mechtild Sandberg.
344 Seiten. SP 2855

Maureen, die junge Journalistin, lebt mit ihrem Mann Harrold und ihrem kleinen Töchterchen Caroline in einer trügerischen Idylle. Denn niemand ahnt, wieviel Gewalt und Mißhandlung Maureen von ihrem Mann ertragen muß. Und sie schweigt, vertraut sich niemandem an, entschuldigt seine Handlungen vor sich selbst. Erst nach Jahren flieht sie vor ihm. Für eine kurze Zeit findet sie in einem kleinen Fischerdorf Unterstützung, Zuneigung und Liebe. Aber Harrold spürt sie auf, und die Tragödie nimmt ihren Lauf.

Eine gefangene Liebe

Roman. Aus dem Amerikanischen von Mechtild Sandberg.
253 Seiten. SP 2854

Durch Zufall stößt Charles Callahan in der Zeitung auf das Foto einer Frau, die ihm seltsam bekannt vorkommt. Es ist Siân Richards, die er vor einunddreißig Jahren als Vierzehnjähriger bei einem Sommercamp kennengelernt hatte und die seine große Sehnsucht blieb. Überwältigt von den Erinnerungen schreibt er ihr und bittet um ein Treffen. Auch für Siân war die Geschichte mit Charles nie beendet, sehr zart sind die Bilder der Vergangenheit, sehr heftig das Verlangen. Und aus der unerfüllten Liebe von einst wird eine leidenschaftliche Affäre. Aber beide sind inzwischen verheiratet, haben Kinder und leben in verschiedenen Welten. Sie geraten in einen Strudel von Ereignissen, die unaufhaltsam auf einen dramatischen Höhepunkt zusteuern. Am Weihnachtsabend entschließt sich Charles zur Wahrheit – und zwingt damit Siân zu einer lebenswichtigen Entscheidung, die tragische Folgen hat.

Anita Shreve

Die Frau des Piloten

Roman. Aus dem Amerikanischen von Christine Frick-Gerke. 277 Seiten. SP 3049

Für Kathryn war klar, daß sie zu niemandem auf der Welt ein so inniges, so vertrautes Verhältnis hatte wie zu ihrem Ehemann Jack. Bis zu seinem plötzlichen Unfalltod: denn nun tut sich für sie ein Abgrund an schrecklichen Vermutungen und Gewißheiten auf.
Eigentlich war ihre Ehe glücklich, ja sogar leidenschaftlich gewesen. Ihre Geschichte hatte begonnen in jenem Haus am Meer, mit seinen hohen Fenstern, durch die man den blaugrünen Atlantik sehen kann. Eines Tages hatte Jack ihr dieses Haus tatsächlich geschenkt – als Besiegelung ihrer großen Liebe.
Unfaßbar ist für Kathryn daher die Nachricht seines plötzlichen Todes – Jack, Pilot bei einer großen amerikanischen Fluggesellschaft, ist mit einer vollbesetzten Passagiermaschine vor der irischen Küste abgestürzt. Die Medien munkeln von Selbstmord – aber Kathryn will es einfach nicht glauben. Was könnte ihr Mann vor ihr verborgen haben?

Olympia

Roman. Aus dem Amerikanischen von Mechtild Sandberg. 480 Seiten. SP 3350

Fortune's Rocks, 1899: Ein luxuriöses Sommerhaus an der herben Küste Neuenglands ist der Schauplatz dieses Dramas einer besessenen Leidenschaft. Olympia, behütete Tochter eines wohlhabenden Verlegers, ein Mädchen von ungewöhnlicher Intelligenz, Reife und Schönheit, erlebt die Liebe wie ein Naturereignis, als ein Freund ihres Vaters zu Besuch kommt. John Haskell ist nicht nur ein bekannter Arzt und engagierter Kämpfer gegen soziale Mißstände in den nahe gelegenen Textilfabriken – er ist auch verheiratet und Vater dreier Kinder. Doch das Wissen um ihr moralisches Unrecht hindert die beiden nicht daran, in einen Strudel großer Gefühle abzutauchen, deren Folgen unabsehbar werden.

»Niemals zuvor war Anita Shreve so auf der Höhe ihrer Kunst.«
Publishers Weekly

Judith Lennox

Das Winterhaus

Roman. Aus dem Englischen von Mechtild Sandberg. 541 Seiten. SP 2962

Die drei jungen Freundinnen Robin, Maia und Helen schwören, sich ein Leben lang alles anzuvertrauen – aber das Schicksal läßt sie ganz unterschiedliche Wege gehen. In der Tradition von Margaret Mitchell erzählt Judith Lennox diese große englische Saga: Die bewegte erste Hälfte unseres Jahrhunderts bildet den Hintergrund für diese drei spannenden Frauenschicksale, die immer wieder in ein idyllisches Gartenhaus der Fenlands zurückführen.
Der Gartenpavillon der Familie Summerhayes – genannt das »Winterhaus« – ist ein Ort der Zuflucht für drei Freundinnen, die zwischen den Weltkriegen in der idyllischen Umgebung von Cambridge aufwachsen. Da ist die idealistische, kluge Robin, die in der nahegelegenen Universitätsstadt studieren soll. Da ist Maia, die schönste und ehrgeizigste der drei, auf der Suche nach einem reichen Mann, und da ist die stille Helen, die von ihrem scheinbar gutherzigen Vater, dem Vikar der Gemeinde, mehr als vereinnahmt wird. Dramatisch, romantisch und voller Warmherzigkeit erzählt Judith Lennox, wie sich diese drei jungen Frauen in einer Welt behaupten lernen, die rauher und aufregender ist als das grüne Paradies der Kindheit.

»Judith Lennox' Winterhaus steht in bester Tradition des romantisch-realistischen Gesellschaftsromans.«
Brigitte

Tildas Geheimnis

Roman. Aus dem Englischen von Mechtild Sandberg. 592 Seiten. SP 3219

Rebecca, eine junge Schriftstellerin, soll die Biographie der Tilda Franklin schreiben, einer alten Dame, die sich für sozial benachteiligte Kinder engagiert. Doch Tildas erschütternde Lebensgeschichte entwickelt eine verhängnisvolle Sogwirkung – Rebecca entdeckt ein dunkles Geheimnis in Tildas Vergangenheit und gibt damit auch ihrem eigenen Schicksal die entscheidende Wende. Ein opulenter und bewegender Frauenroman.

Madeleine Bourdouxhe

Gilles' Frau

Aus dem Französischen von Monika Schlitzer. Mit einem Nachwort von Faith Evans. 166 Seiten. SP 2605

Madeleine Bourdouxhes Drama einer zerstörerischen Leidenschaft ist eine Wiederentdeckung von höchstem literarischen Rang. Die leidenschaftliche Dreiecksgeschichte zwischen Elisa, ihrer Schwester Victorine und Gilles ist in ihrer Direktheit und Ausweglosigkeit ein Glanzstück der klassischen Moderne: Sinnlich, kühn – und von kammerspielartiger Intensität.

»Schwer zu sagen, was beeindruckender an der Leistung Madeleine Bourdouxhes ist: die kühle Liebe zu ihren Figuren oder die unsentimentale, aber doch fast zärtliche Darstellung ihrer Zerrüttung … Madeleine Bourdouxhe formt kleine Szenen aus dem Alltag zu einer klassischen Tragödie. Mit einer kühlen, präzisen Sprache entwirft sie Bilder von höchster Anschaulichkeit und Glaubwürdigkeit, Stilleben der Seele, die den Leser durch ihre innere Spannung sofort fesseln. Gerade die scheinbar ruhig distanzierte Darstellung schafft einen Sog der Erzählung, dem man sich nicht entziehen kann. Da ist kein Wort zuviel, und jeder Satz zieht den Leser tiefer hinein in diese verhängnisvolle Affäre.«
Die Woche

Auf der Suche nach Marie

Roman. Aus dem Französischen von Monika Schlitzer. Mit einem Nachwort von Faith Evans. 192 Seiten. SP 2969

»Dieser Roman ist einer der schönsten Liebesromane, die es momentan zu lesen gibt.«
Die Woche

Wenn der Morgen dämmert

Erzählungen. Aus dem Französischen von Monika Schlitzer und Sabine Schwenk. 152 Seiten. SP 2067

»Sie wurde in der französischen Literaturszene gefeiert wegen ihrer subtilen und dichten Sprache, wegen ihrer genauen Beobachtungen und vor allem wegen der ungeheuren Intensität, mit der Madeleine Bourdouxhe Ängste, Hoffnungen, Stimmungen und Stille beschreibt.«
Der Spiegel